诗意地栖居

长三角高校书院联盟"我与书院的故事"
征文比赛优秀作品集

SHIYI DE QIJU
CHANGSANJIAO GAOXIAO SHUYUAN LIANMENG WO YU SHUYUAN DE GUSHI
ZHENGWEN BISAI YOUXIU ZUOPINJI

潘华泉 主编

浙江工商大学出版社 | 杭州
ZHEJIANG GONGSHANG UNIVERSITY PRESS

图书在版编目（CIP）数据

诗意地栖居：长三角高校书院联盟"我与书院的故事"征文比赛优秀作品集 / 潘华泉主编. — 杭州 ：浙江工商大学出版社，2019.6

ISBN 978-7-5178-3220-1

Ⅰ. ①诗… Ⅱ. ①潘… Ⅲ. ①散文集 – 中国 – 当代 Ⅳ. ①I267

中国版本图书馆 CIP 数据核字（2019）第 085349 号

诗意地栖居

——长三角高校书院联盟"我与书院的故事"征文比赛优秀作品集

潘华泉 主编

责任编辑	沈敏丽
责任校对	穆静雯
封面设计	周健恺
责任印制	包建辉
出版发行	浙江工商大学出版社
	（杭州市教工路 198 号　邮政编码 310012）
	（E-mail：zjgsupress@163.com）
	（网址：http：//www.zjgsupress.com）
	电话：0571-88904980，88831806（传真）
排　　版	绍兴市义鸣彩印包装厂
印　　刷	绍兴市义鸣彩印包装厂
开　　本	710mm×1000mm　1/16
印　　张	10.75
字　　数	176 千
版印次	2019 年 6 月第 1 版　2019 年 6 月第 1 次印刷
书　　号	ISBN 978-7-5178-3220-1
定　　价	32.00 元

编辑指导委员会

前　言

　　书院制既借鉴了西方大学住宿学院的做法，又承袭了中国书院的古老传统，作为教学改革、培养创新型人才的积极尝试，越来越多的高校正在有力推行。与传统的学院制相比，书院制改变了什么？又获得了什么？或许我们从这本《诗意地栖居》中能找到答案。

　　2017年10月，华东师范大学孟宪承书院发起长三角地区10所高校书院联盟的筹备工作，正式讨论并通过了《长三角地区高校书院联盟工作备忘录》。2018年6月28日，"长三角高校书院联盟"正式在华东师范大学成立，联盟致力于打造"人才培养共享、学生事务协作、学术研究合作和联盟教师交流"四大平台，以全方位、全要素助力青年学生发展。为更好地促进交流共享，助力人才培养，联盟发起了"我与书院的故事"主题征文比赛，受到联盟成员单位的积极响应，比赛共收到来自复旦大学、华东师范大学等10所高校的征文228篇。经联盟专家组评审，评选出一等奖5篇，二等奖10篇，三等奖15篇。经长三角高校书院联盟授权，本次比赛的57篇优秀作品被汇编成《诗意地栖居——长三角高校书院联盟"我与书院的故事"征文比赛优秀集作品》。这些作品中有的讲述书院讲堂、博雅课程、社会实践等第二课堂所带来的思想启迪与人格修炼，有的分享书院里学识渊博的导师与砥砺同行的室友带来的循循善诱和青春能量，还有的展现书院特有的素质拓展以及浓厚的育人氛围所带来的精彩生活与文化力量……这些故事都充分体现了学生对于书院的认同感与获得感。

征文作品集是长三角高校书院大学生学习、生活和情感交流的集中呈现，也是联盟探索协作机制和完善平台建设的有效尝试。借此书编辑成册，期望书院既注重学生素质能力的拓展，又重视学生道德情操的培养，在追求真理中让学生兼收并蓄、博采众长，在躬身实践中让学生锤炼品格、知行合一，争当中华传统美德的传承者、社会主义核心价值观的实践者，让书院成为学生诗意的栖居地和成长的精神家园。长三角高校书院联盟也将在共享办学理念、育人资源和实践平台上有更大的作为，积极探索书院制育人模式改革与发展规律，进一步推动长三角地区率先实现高等教育现代化。

编者

2018 年 12 月

目　录

以梦为马　不负芳华

与腾飞，共腾飞
　　——我与腾飞书院的故事 ………… 复旦大学腾飞书院　赖　耘　3
真诚自主梦为马　严谨开放志作帆
　　………………………… 苏州科技大学敬文书院　邓善文　5
书院相遇的故事 ………… 华东政法大学文伯书院　敬　可　10
沁园，情不知所起，一往而深 ……… 南京审计大学沁园书院　姚春琼　13
在最美的年华遇见您 ……… 江苏师范大学敬文书院　韩欣享　15
阳明温情 ……………… 绍兴文理学院阳明书院　项一帆　18
一笺我与孟院的记忆 ……… 华东师范大学孟宪承书院　王惠巍　20
诗意憩园 ……………… 绍兴文理学院阳明书院　蒋瑶瑶　22
人文精神不可忘怀 ………… 苏州大学敬文书院　陈双一　24
立德立言，无问西东 ……… 南京审计大学泽园书院　章玉雷　26
当我谈起任重时，我谈的是什么 ……… 复旦大学任重书院　刘千瑞　29
心怀敬文情，永为书院人 ……… 苏州科技大学敬文书院　陈苏阳　33
轻叩门扉 ……………… 温州大学超豪学区　许梦滢　36
仲里寻她，申情共长 ……… 绍兴文理学院仲申书院　朱新妍　39

砥砺同行　笑靥如花

永不消散的美好 ……… 华东师范大学孟宪承书院　赵晋冀　45
我"俩"的复习时光
　　——记2017年冬 ……… 温州大学超豪学区　倪羽筝　47
一包咖啡粉 …………… 复旦大学克卿书院　孙冰清　50

我站在书院，眺望世界 …………… 江苏师范大学敬文书院　齐沁儿　52

如孟 …………………………… 华东师范大学孟宪承书院　陈　曦　55

我和"小仲"的倾城时光 …………… 绍兴文理学院仲申书院　张晓琪　58

泽缘 …………………………… 南京审计大学泽园书院　林晓瑄　61

乍见欢喜，久处依恋

　　——记我和书院的故事 …………… 绍兴文理学院阳明书院　梁诗华　63

澳门之旅　书院之行 …………… 华东师范大学孟宪承书院　黄秋明　66

杏花楼未盈

　　——记学区生活的点滴温暖 ………… 温州大学超豪学区　傅春露　69

青藤时光 …………………………… 绍兴文理学院青藤书院　黎丹丽　72

很幸运，来这里 …………………… 绍兴文理学院文澜书院　陈姝颐　75

这将是我的黄金时代 ………… 苏州科技大学敬文书院　贾晓琳　77

"豪"巧遇到你 …………………… 温州大学超豪学区　叶盈盈　79

感恩有你　诗酒年华

一棵杏树的成长 …………… 江苏师范大学敬文书院　张雨欣　85

以"孟"为马　不负韶华 ……… 华东师范大学孟宪承书院　陈　杨　88

最美是书院的四季 …………… 华东师范大学孟宪承书院　韩晓彤　90

万花一世界 …………………… 苏州大学敬文书院　张　迪　93

筚路蓝缕，与你同行 ………… 华东政法大学文伯书院　吴　蕙　95

心有翅膀，腾地而飞 ………… 复旦大学腾飞书院　林丽辉　98

教人耕种桃花源

　　——记复旦大学任重书院对我四年来的培养

　　…………………………… 复旦大学任重书院　李易特　100

不负韶华，不负此生

　　——我和书院的故事 ………… 江苏师范大学敬文书院　王亦周　103

我怀念的，遇见 …………… 绍兴文理学院文澜书院　蒋德雪　106

见证 ………………………… 绍兴文理学院阳明书院　雷琦琦　108

听见我的声音 …………… 南京审计大学澄园书院　张书贤　110

书院与我，在路上 ………… 苏州科技大学敬文书院　魏清高　112

毕业时，我就成了你 …………… 华东师范大学孟宪承书院 夏忱忱 115

我的四年之约与十年之约 ……… 江苏师范大学敬文书院 张盼盼 118

此情永忆 韶华如画

一入仲申，温暖终身 …………… 绍兴文理学院仲申书院 胡怡沁 123

遇见自己，逐梦超豪 …………… 温州大学超豪学区 朱文跃 126

四季苏州 ………………………… 苏州科技大学敬文书院 陆心怡 129

我与书院的二三事 ……………… 绍兴文理学院阳明书院 朱宇楠 132

三封家书 ………………………… 苏州科技大学敬文书院 田 甜 135

眺望，是一种青春的姿态 ……… 苏州科技大学敬文书院 朱昕怡 139

书院杂谈 ………………………… 苏州科技大学敬文书院 张玉莹 141

遇见最美的风景 ………………… 温州大学超豪学区 邵晓青 143

遍地东林 ………………………… 江苏师范大学敬文书院 张沐旸 146

我和书院的故事 ………………… 华东师范大学孟宪承书院 翁宇欣 148

文化无殇，青春有梦

　　——写给敬文讲堂 …………… 苏州大学敬文书院 谢静姝 150

我的大学像一场旅行，有你，有书院

　　　　　　　　　 南京审计大学沁园书院 王如梦 153

所谓情缘 ………………………… 苏州科技大学敬文书院 王皓萱 155

我与阳明的"五年" …………… 绍兴文理学院阳明书院 俞冰楠 157

一朝敬文人，一生书院魂 ……… 江苏师范大学敬文书院 赵 苏 159

以梦为马　不负芳华

与腾飞，共腾飞

——我与腾飞书院的故事

复旦大学腾飞书院　赖　耘

胸前绯红的书院徽章，案头鲜艳的书院"先进个人"的奖状，这些都勾起了我在腾飞的美好回忆。进入复旦、进入腾飞书院已经一年有余，从初识到融入，从陌生到熟悉，我在腾飞经历了许许多多的事情，留下了不少弥足珍贵的成长印迹。我感到很幸运，我能作为书院的一分子，与腾飞，共腾飞！

初见——温馨的家园

犹记得大一刚入学的时候，懵懵懂懂的我刚刚踏入复旦的校门，一切都是那么陌生和新鲜。这时，腾飞书院这个大家庭向我张开了温暖的怀抱：新生入学，书院的学兄学姐热情迎接，耐心为我们答疑释惑；迎新大会，书院老师等前辈为我们阐明书院文化，指明前进方向；参观书院，用途多样、布置精美的公共空间让我们耳目一新，十分期待在书院的多彩生活……这些，就是腾飞书院给我留下的最初印象——一个温馨的家园。

融入——成长的乐土

此后，我以监委会常委的身份渐渐融入腾飞这个大家庭，在做好监委会工作的同时也参与其他部门的事务，对腾飞的各项工作有了更加深入的了解，这更增进了我对腾飞的热爱。

作为以工程技术大类学生为主的书院，腾飞十分重视同学们的日常学习和学术发展。学期内，周末辅导已成常态，书院会邀请经验丰富的数学、物理、计算机、电路等基础课的助教老师，为同学们指点迷津，解答疑难问题。我经常参加这样的课程，请老师为我解答疑问，对我的学习大有裨益。

此外，腾飞书院还开展专业分流、腾飞科创等学术活动。为了让技术科学大类的同学对专业有更全面深入的了解，书院每年都举办系列专业介绍的讲座，请各院系的老师现身说法，介绍专业的详细情况，为同学们的专业选择提供帮助。腾飞科创则是书院的特色活动。书院积极鼓励同学们从大一开始就零距离接触科研，在导师的悉心指导下完成一项小课题，感受学术科研的魅力与乐趣。

除了科创等活动，书院的老师也为我们的成长倾注了许多的心血，每名腾飞书院的新生都有一位导师，在导师咨询室、导师沙龙、师生共膳、导师下午茶等不同场合，给同学们传授人生经验，鼓励同学们不断前进与求索。我也曾经多次向老师请教、交流。导师凭借他们丰富的人生阅历和多年的教学经验，给予我以谆谆教诲，让我在迷惘时、在困惑时得以拨云见日，让我人生的小船能保持正确的航向。

在书院，除了老师，还有不少优秀的同学，和我一起并肩努力。从主席团、部长团到各部门的干事，我都有过接触和交流，给我的感觉是，虽然各部门性格与气质大相径庭，但都是富有朝气和活力的群体，大家都在为书院师生服务，为了一个更好的腾飞书院而努力。我结识了许多优秀的学兄学姐和同学，从他们身上学到了很多东西，比如认真负责的工作态度，平易近人、温文尔雅的待人之道，灵活务实的工作方法，等等，这些都让我受益匪浅。

在腾飞，我印象最深的便是去年的腾飞大戏了。作为书院的年度大戏，许多同学都在为大戏的成功上演而努力，付出大量努力。我作为大戏主持人和演员，前后参与了十几次排练，整个大会的流程和台词都烂熟于心。当大戏一切议程都顺利进行并获得空前成功时，我们所有剧组成员和后台工作人员都十分激动，我们的汗水没有白流，我们的努力得到了最好的回报！

憧憬——美好的明天

感谢腾飞，让我在最美的年华与你结缘！在腾飞，我收获了太多，太多。腾飞书院真是一片成长的沃土，一方广阔的天地！我衷心希望能够成为一枚螺丝钉，与书院同在，与腾飞，共腾飞！我坚信，腾飞书院的明天一定会越变越好！

（本文获长三角高校书院联盟"我与书院的故事"征文比赛一等奖）

真诚自主梦为马　严谨开放志作帆

苏州科技大学敬文书院　邓善文

敬文书院，何其美哉；

敬文书院，何其壮哉。

每当我骑着自行车，驶过东区宿舍区前那一段因为施工而尘土飞扬的路段，最终停在敬文楼前停车坪时，我的心仿佛从一片尘嚣中找到一片净土。

我抬头看着这幢六层高的建筑，白与黑的搭配浑然天成，与苏科大建筑群的总色调相吻合；建筑风格虽中规中矩，然而其崭新的面貌还是让人眼前一亮。

数月以后，我依然清晰记得我与书院初次相见的那个早晨。

走入正厅，映入眼帘的是醒目的"苏州科技大学敬文书院"字样，立体的艺术字模型镶嵌在银白色的约莫3米高的金属支架墙上，何其气派，何其恢宏。大厅左侧朱永新先生"为国储才，自助助人"的殷切寄语下，三张沙发围绕着一个小型的茶几，右侧除了外来人员的登记处外，一个明亮的电子屏上正滚动着欢迎标语。

跟随着班主任助理的步伐，我向大厅后的住宿区走去。曲折的走廊似有些苏州园林的神韵，透过两侧的玻璃望去，满眼是草色青青。宿舍区非常干净整洁，由于书院2016年才刚刚建成，眼前的一景一物无不焕发出清新的气息。站在走廊上向西边看去，有一条波光粼粼的小河，河边有一座小亭；自宿舍向东看是连绵秀丽的上方山，山清水秀，别有情调。

也就从这一刻起，我便深深爱上了这里的一切，在经历了12年的寒窗苦读及高考的洗礼后，我蓦然间寻得了一个好的归宿，我在心中告诉自己：敬文书院是我的第二个家，我要在这里锻炼能力，进修学业，从而飞向更高的天地！

中西合璧——书院模式益处多

敬文书院的生活，对于任何一个书院学生而言，都是一种选择。

因为在那个赤日炎炎，离开中学时代行将进入大学的夏天里，他们选择了录制视频，递交申请，经过层层选拔，进入书院，以希冀为自己即将到来的四年大学生活留下不同寻常的回忆。

在打开录取通知书的那个下午，我被敬文书院的招生简章所吸引。蓝白色的封底，丰富的活动介绍，让我对这所书院充满了向往。

从按照要求精心准备申报资料，到前往录播厅录制申报视频，初审结束后迎接电话面试，终于，我在八月底收获了自己想要的结果。

在我看来，当今的大学里，专业学院依旧是划分学生群体的主要方式。于是，书院的出现，立足于打破这种传统的划分方式——不同专业的同学们生活在一起，相互交流，建立友谊，交换信息，提供不同的看待世界的视角。

中国的书院模式，是古代传统书院制与外国名校住宿学院制度（college）结合的产物。而苏州科技大学的敬文书院，在朱永新教授"新教育"理念的引导下，也形成了自己的特色。"听、说、读、写、行、创"六大社团，以及其组织的各种活动，通过书院学子共同参与的形式，切切实实为全书院学生营造了一种幸福完整的教育生活氛围。

真诚——学生工作初体验

敬文书院的学生组织由学生会、团委、新媒体中心及社团联四大组织构成，各司其职，保证了书院事务的正常运作。

我与学生会一直有难以割舍的情结，招新消息出来后，经过选择，我参加了学生会外联部的面试。

然而，我失利了。

当看到自己的名字未能出现在录用名单上时，我心头猛然一紧，仿佛被一只重锤狠狠击打了一下。我对可能不能参与到学生工作中，为书院的发展贡献一分力量而满怀遗憾。

那天晚上，我思索再三，给学生会主席发去了一条消息："学长你好，在今晚的面试中我很遗憾未被录用。因为填写了服从调剂，我想请问是否有机会参加二次面试？我一直想加入学生工作中，在我看来，这便是幸福完整

书院生活的重要体现之一。"出乎意料的是，热心的学长不仅积极地帮我联系各部长，并最终帮我争取到学习部的二次面试资格，还在第二天我被新媒体中心的文稿部录用后给我发来祝贺："你需要时间来感受大学生活与从前生活的落差，但我相信你可以用实力来证明一切！"这句饱含肯定的话语大大激励了我，让我有了努力做好工作的信心。

如今我在学生会、新媒体中心及六大社团之一的"四方社"担任干事。虽然这不可避免地要占用我的课余时间，让自己疲劳，但我不会后悔这样的选择。

我会永远记得在学习部小家庭做过的每一份策划，每次部长带着我们五名大一部员开会时的温馨氛围让人难忘；我会感谢新媒体提供给我的每一次写新闻稿的机会，从一次次的练习与修改中，我的写稿能力突飞猛进；我会喜欢四方社策划部四个同学坐在一起"头脑风暴"的时光，大家畅所欲言，有问必答；我会记得每次交任务时部长们那一声亲切的"辛苦啦"，我会记得节日时部长们的贴心小礼物……

学生工作未必有那么多惊天动地可言，但工作中的诸多细节堆砌在一起，就构筑了我对书院生活血肉丰满的回忆。我是一个喜欢细节的人，因而我信奉，越细节，越动人。

自主——自创社团显自我

"我想在敬文书院创立一个乐社，为所有热爱音乐的同学提供一个交流的平台。"

"我们这次晚会演出曲目就定为《棠梨煎雪集》了。我已经将乐谱翻好，各声部可以开始准备啦。"

"我们定在这周五晚进行第一次排练吧。"

时隔数月，这些充满活力的话语依然在我耳畔萦绕。

这是属于我们的难忘回忆，敬文书院自创社团——八度乐社。

第一次的排练是在宿舍楼下的琴房完成的。不大的房间，却很干净整洁，一桌，一架，二椅，剩下的似乎也就只够安放美妙的音乐了。第一次的排练只有参与《棠梨煎雪》的四位同学参加，乐曲上手很快，几遍下来便已基本成型。休息时间，大家就在一起讨论学习乐器的心路历程，用心体会。在交流之中，"把民乐带进敬文"越发成为一种执着的共识。

乐社成立后的第一个大活动就是出节目参加敬文书院的"敬放新花"元旦晚会。由于社团新成立，人手紧缺，于是我们四位主要负责人临时编排了《棠梨煎雪》。

2017 年 12 月 23 日，是一个值得记住的日子。这一天晚上，在苏州科技大学石湖音乐厅举行的"敬放新花"元旦晚会——也是敬文书院的第一个晚会——注定成为所有 2016、2017 级敬文学子心中难忘的回忆。

我们中午来到音乐厅，从下午紧锣密鼓的彩排到晚上的正式演出，大家马不停蹄地忙碌着，为的是将优美的民族音乐奉献给到场的全校师生。在这一天，我们看到了一个空前团结的敬文群体，各组织各部门各司其职，不喊苦不喊累，争先恐后地担揽任务，最终保证了晚会的成功。

在那场晚会过去后的一个多月里，我还会时不时去回味那一天的经历。我很感谢乐社给我提供的平台，给了我一个特殊的视角——参与者而非观众——去审视这次活动。我看到了幕后每一名同学为这场晚会付出的点点滴滴，也亲身感受到通过努力将一个优美的节目奉献给全体观众时发自内心的喜悦。

如今到了大一的第二学期，乐社正在为六月即将到来的校毕业晚会做准备，与这样一群有梦想、有热情的同学合作，我相信，乐社每一学期都能有精彩的节目诞生。

音乐是乐社的灵魂，我也一直想通过坚持，把乐社做成一种情怀，一种回忆。这样，四年以后，当我们回首这段大学岁月时，可以欣喜地喃喃道："我未曾辜负大学的青春，我执着地追求了一件我喜爱的事！"

严谨开放——学术氛围创佳境

学术是一所大学的根基。敬文书院自然也积极地营造良好的学术氛围，支持每一位学生的专业发展。

其间令我印象至深的是由校公管学院主办、敬文书院承办的临胥论坛。作为一个学术性质的讲座，该论坛聘请的都是来自国内各高校的历史与文学方向的博士，并面向敬文书院发放一定名额。

在好奇心驱使下我听了题为"王国维哲学思想与日本明治学术"及"霍布斯的修辞与写作意图"的两场讲座，其后我便深深爱上了临胥论坛。

虽然我的志向是成为一名工学博士，但是源于对历史的热爱，我会努力

去跟上博士们的思维，虽然方向不同，但是做学问的门道是相通的。我喜欢历史被以一种严谨的学术化语言讲述出来；也喜欢讲座后公管学院的老师们积极提问、参与互动的场面。陈寅恪先生曾经说过："独立之精神，自由之思想。"我想，大学之大，正在于学术之自由，倘若学术之风能够自由吹拂，智慧之光能够普照万物，这就是无上的幸事！

在敬文书院的这近一年的学习生活中，我们每一个敬文学子都参与到通识课程的学习及每晚的读书分享会之中。如果说我从临胥论坛中感受到的是学术严谨的一面的话，那么在这些活动中，"开放"是值得推崇的主基调。严谨与开放并不矛盾，二者的有机融合才能真正构建起一个自由的学术环境。

大学的教育，不仅仅是通过专业课程的学习把学生培养成各个领域的专家，而且要让学生接受来自各方面的知识，通过具有启迪意义的通识课程让他们成为真正意义上的"人"，从某方面而言，这一点的意义更大。我相信，书院模式致力于打破专业壁垒的意义正在于此——为学生创造更好的素质教育的平台。

敬文书院是个有温度的大家庭，不同专业的同学们在这里集合，互帮互助，砥砺前行，向着各自的梦想进发。我爱与人谈论梦想，在一次次的交流中，我能感受到身边同学们美好的人生愿景，它们或大或小，但都是值得追逐的指向标。而我丝毫不怀疑，天道酬勤，我们终将来到我们心中的罗马。

我们作为苏州科技大学敬文书院的第二批学生，在这里奋斗过，创造过，时间会证明一切。这是属于我们2017级同学的芳华，是我们共同拥有过的青春回忆。在这里，我们真诚并且自主；在这里，我们严谨却又开放。我们在坚守，在拼搏，为着幸福完整的书院生活，为着属于我们自己的远大前程！

（本文获长三角高校书院联盟"我与书院的故事"征文比赛一等奖）

书院相遇的故事

华东政法大学文伯书院　敬　可

　　张爱玲在短篇小说《爱》中写道："于千万人之中，遇见你要遇见的人。于千万年之中，时间无涯的荒野里，没有早一步，也没有迟一步，遇上了也只能轻轻地说一句：'你也在这里吗？'"感恩时光，让我在不紧不慢中遇见了初生的书院，于是便开启一段美丽的缘分……

初遇书院

　　与书院的相遇其实伴随着收到录取通知书的欣喜。提及书院，我脑海中想到的是遥远的古代：是"以道相交，合志同方"的道德关怀；是"风声雨声读书声声声入耳，家事国事天下事事事关心"的家国情怀；是自由的学术氛围，也是静心向学的执着……漫长的假期，我在憧憬中度过。带着装不下的期待，我启程去赴与书院的六月之约。

　　开学典礼上，院长为我们解读了"文伯书院"名称的来历："文伯"指文章宗师，唐朝张说《齐黄门侍郎卢思道碑》中的"吟咏情性，纪述事业，润色王道，发挥圣门，天下之人谓之文伯"。用"文伯"命名书院，也寄予了学校对我们踵继前贤、博学有为的厚望。而这，更让我体会到作为书院第一届学子的幸运。我不禁想着：自今日起，天涯海角，坦然奔赴；自今日起，寒来暑往，绝不辜负。

学在书院

　　与学兄学姐过去经历不同的是，大一的我们有很多的通识课程。如踏书山百阶，乘学海一舸，此夏风吹当年秋色；似来鸿笑去燕，且行且高歌，纵书文说笔走龙蛇。通识课程，为我们开启一场场时空之旅，在过去、现在与未来，将故事缓缓道来，或诗意，或幽默，都以独特的视角勾勒出宏大的知识画卷。"人文中国""比较视野中的中国文化""亲密关系与人格养成"……这

许许多多的课程不仅让我拓宽了眼界，还在未来的法律生涯中帮助我，成为一个有温度、有情怀的人。或许书院的宗旨就在于传递科学与人文的精神，正应了"文伯"二字的期待。

与传统大学模式不同的是，文伯书院的学生，在大一便有了自己的导师和导生。我们会向导师寻求意见与指导：或是发展规划，或是心里困扰。导师也会欣喜于看到我们的成长和变化。导生则更像是大哥哥，与我们十分亲密。作为"过来人"，他更像是我们成长道路上的光亮，与我们分享经验，也给我们鼓励。

爱在书院

大学生活，是一段与一群志同道合的人共度的旅行。我们有着共同想看的风景，因而从天南地北汇聚到了一起。希望在离家的岁月中，我们都能成为彼此坚强的依靠。分担寒潮、风雷、霹雳，共享雾霭、流岚、虹霓。在一起奔跑完四年之后，还能成为一生的挚友。在文伯书院的大家庭里，还存在一个小家庭，是由四个人组成的温暖的寝室。在近一年的生活与学习中，室友们给了我许多鼓励与支持：在生病的时候，室友们的呢喃软语抚平了我眉间的惆怅；在纠结是否退出辩论队时，室友们也给我默默的陪伴，让我相信，自己不是一座孤岛……相知相遇，实属我幸，希望未来的我们一起努力，诗酒趁年华，不虚此行。

成长在书院

提及大学生活，我希望能在文伯书院里邂逅不期而遇的温暖和生生不息的希望。多一些体验与经历，在失败与成功中体会酸甜苦辣，在"小社会"中不断沉淀自我。作为班级的学习委员和文伯书院学术部的一员，我在做好工作的同时，也尽力增强自己的综合实力。加入辩论队，让我遇见了一群亲密无间的队友，在赛场上舌战群雄，追逐属于我们的光荣与梦想。加入志愿者协会，让我感受到爱与关怀，帮助别人后收获的感谢和微笑是直击心灵的温暖。文伯书院这个广阔的平台，让我更加珍惜匠心细酿的桃李春风，把握光影绚烂的舞台。

展望在书院

文伯书院是一个初生的集体，我们都是建设者和参与者。虽然在建设中也遇见了各种困难，但我们有希望，也有信心助力它的成长与发展。雨声潇潇，花木入梦，那是在等待晨曦；孤云出岫，一无所系，那是在等待彩虹。梦想和青春一样都是信仰，有梦想的生命就是雨露浇灌的花草，是由内而外散发出的生命力。

我时常在想，文伯书院之于我的意义在哪里？梦想的起点，学习的环境，还是一个过客，抑或是归人？或许都有吧，但我更喜欢把它称为"家"，文伯之家。我们在这里寻找志同道合的人，在这里交流与探讨，梦想与憧憬。墨香袅袅，在书卷里耕耘春秋，在时光里浅吟低唱。润墨描景，执笔写心，书页幽幽，韶华氤氲。我们会和书院一起奔阳关万里，披烟雨一蓑，寻找自己之于时光的意义。

结　语

每一段相遇，如三两行诗，悲伤或欢喜，都给岁月留下痕迹。好在时光清浅，却自有力量，能安抚所有的不快乐，与过去和解，对世界温柔。青春在心里，有时风有时雨，风敲劲竹，雨润窗花，总有相忆欢；有时晴有时雪，晴是她的微笑，雪是她的纯净，总有相惜情。我一生的相遇，都被郑重记录。那一日，花影婆娑；那一年，风光旖旎；那一世，终将光阴柔软。

落笔款款，清风徐来，在青春的自传里，开篇就写着某年某月某日，一场与书院有关的相遇，美丽的相遇。

（本文获长三角高校书院联盟"我与书院的故事"征文比赛二等奖）

沁园，情不知所起，一往而深

南京审计大学沁园书院   姚春琼

暮去朝来，光阴荏苒。

大学三年的点点滴滴让我对沁园产生了无法割舍的情愫。当初对它的了解仅限于录取通知书信封中那一张简介纸单，不承想这薄薄一张纸背后的东西竟会对我之后的大学生活产生如此重要的影响，几乎走的每一步都离不开书院……

大一·初来乍到

八十一级台阶、先锋书店、院子里的秋千构成了我对书院的第一认知。

想起开学第一天父亲扛着沉重的行李箱攀登八十一级台阶的背影，豆大的汗珠浸湿了他的衬衫；

想起先锋书店后面那个独特幽静的休闲之地，阳光透过树叶洒到木桌上，我曾在这里读过一封来自远方的情书；

想起书吧门口点缀着花朵的森系大秋千，夏天的夜晚坐在上面晃晃悠悠，在黑暗中感受秋千发出吱呀吱呀的伴奏声，是一种享受。

那时候的我如同一条刚从池塘跳进大河的小鱼，带着对大学生活的憧憬和好奇把整个书院的旮旯角落都转了个遍。平日里经常看到学院公众号推送的优秀学兄学姐的报道，在这个人才济济的大环境下，深感自卑和渺小。还好有辅导员，在每一次的班会上都会提醒我们大学最重要的是学习，不要因为外界的诱惑而本末倒置。感恩良师益友的陪伴，让我没有迷失自己。

大二·我和先锋的约会

如果说好的书店是异乡者的精神家园，那么隐居在沁园书院的先锋书店就是治愈我负面情绪的良药佳剂。

它安安静静地待在后山竹林中，外表没有夺人眼球的装饰，从旁边走过，如果不留心，很容易被忽略，殊不知里面却别有洞天。

来这里的人不全是为了看书，有的来摄影，有的在书桌旁做作业，有的来给朋友寄几张明信片，有的在先锋留言本里留下自己的心事。来来往往，络绎不绝，但每个人都有着相同的默契，无声地维持着安静的氛围。书店里循环播放着的国内外的经典老歌，使阅读变得更加惬意，再坏的心情到了这里也会莫名开朗起来了呢。

大三·学识与品质的升级

从大一担任团支书到现在，说实话并不轻松，无论是发布通知还是组织团日活动，都需要花费很大的精力，加上书院各中心的活动几乎就没有断过，过去的几个学期，很大一部分课余时间我都贡献给了学生工作。很辛苦，但往往痛并快乐着，付出的是汗水与脑细胞，收获的是完成一个个目标后满满的成就感和对自身进步的真切感知，明白自己走的每一步都足够扎实，便无比心安。

三年以来，我走过书院的每一寸土地，亲身参与书院实践和建设，感受身边所有人的成长，我想我是幸运的。沁园记载着我最美年华里遇到的每一个人、经历的每一个故事，我相信书院教会我的东西不仅会陪我至毕业，也将伴随我走过接下来的漫长一生。

（本文获长三角高校书院联盟"我与书院的故事"征文比赛二等奖）

在最美的年华遇见您

江苏师范大学敬文书院　韩欣享

有一处美丽的风景叫敬文，转眼之间，我与敬文书院的美丽邂逅快一年了。置身敬文，发现更好的自己，是这一年敬文给我的激励，也是敬文对我们全体学子的期冀。由衷感恩书院，让我在最美的年华里遇见您，成就未来更精彩的自己。

跨越大海，只为遇见您

我来自东北大连，相比南方江浙从激烈的教育竞争中脱颖而出的同学，似乎缺少了一份勇于追求卓越的气质，我曾以为这份舒适可以放飞我所有的梦想。

然而，当我发现了敬文，感知这里的卓越与博雅气质，竟着魔一般地追随而来。从报名敬文书院，到电话面试，再到现场面试，一切如同规划好了一般顺利推进。我的幸运鸟向我飞来，许下我与敬文的情缘。于是，跨越茫茫大海，敬文，吾往矣。

在这所洋溢着青春气息的书院，我们站在同一起跑线上，努力展现自己，做不一样的自己，致力于突破而成为更卓越的一员。昼聆听专业课教授的生动讲解，观春秋战国之雄霸之争；夜饮一小杯香茶，慢慢品读《自在独行》，翻卷诗稿，茶香慢慢濡染，内涵催生，光芒升起。直至上学期期末，我的成绩跃上前列，面向敬文，许下诺言，要趁青春尚好启梦勃发。

迎新晚会，我的处女作

这是敬文送给我的第一份大礼，为完美展现，我利用军训休息时间，每晚排练舞蹈，忙到没时间吃饭。

那又怎样？蛇在蜕皮中长大，金从沙砾中掏出，春天是走过冬天的萌发。这就是成年人的生活，是积极向上的精神，是酸甜苦辣的回味。所带来的成就感——晚会上的完美演出与老师朋友的赞赏，让我心里像融了糖一样甜，这样美好的感觉是敬文给予我的。

亲爱的敬文，本着"守正出新，自助助人"的院训，教育我们为梦想不断奋进，敬文给予我全新的机会与艰巨的挑战，搭就精彩纷呈的人生舞台，完成许诺给自己的心愿。

成人礼，新时代的责任与使命

现在想来，去岁十一月份的成人礼让我重新定义了"成人"。书院精心安排，父母也给予大力支持，高度重视与赞同敬文的成人礼活动，不远千里赶来与我共度庄严而有意义的时刻。

敬老模范校友周园长及其他知名校友人士为我们诠释成人的意义。周校友阐释人生的"五个后悔"，其中最后悔的，便是超过90%的人后悔年轻时不够努力，错过宝贵光阴，年轻不惜时，老时空悲切。少年易学老难成，一寸光阴不可轻。惜时如金，时不我待，才能不负此生。青年兴则国兴，青年强则国强。身为青年学子，应学会从青涩迈向成熟，勇于担当作为，奉献社会，回报国家。

感谢敬文，教会了我要明晰自己肩负的责任与使命。十八岁走过成人礼的大门，此后便是踏上成人之路，无畏未来的难与险，风雨无阻，矢志不移。惊羡于青春气息之时，何不趁青春书写人生华章。

品味，悦读会与敬文下午茶

这是敬文的特色，更是我的周末小期待，我总是盼着这一天早点到来。

敬文悦读会，与名师名家一起，洞悉阅读的奥秘，欣赏作品，感悟诗魂；下午茶，与知名人士一起探索未来的轨迹，与社会接轨，讲述优秀人物的创业经历与心路历程。

向教授们发问，教授们妙语解答，如此不亦乐乎，在知心的会意与浓厚的文学氛围里沉浸，敬文，我是越来越喜欢您的味道了。

常幻想我们住在一个不大的村子，屋舍仄仄斜斜，被高高低低的绿树、庄稼簇拥，周围满是新鲜的绿。一群爱文学侃时事的人聚在一起，盘腿而坐，聊得忘我，取清茶淡酒，饮而醉之，优哉游哉，伴随蛐蛐浅吟低唱，浸润在曼妙的文学情怀里，甚好。若世上有这样一个村庄，那一定是敬文气

质，如敬文一样迷人的村庄，自由与徜徉，热情与奔放，在这里长大的孩子，永远芬芳瑰丽。

武汉行，展现敬文胸襟

敬文书院，有着世界级的胸襟与气度。春天来了，她带着我们踏上了九省通衢的大武汉，要让我们领略这里名校的芳姿。

当我们一行站在历史风云之地的武汉时，真切感受到脚下的土地，曾浸透着辛亥革命志士的鲜血，一时之间，仿佛穿越时空，瞬间有种炫目的感觉。

有幸结识武大弘毅书院的翘楚，感受到这里自主式学习氛围与活跃的学术思想，更有国际视野，教我学会用独立的思维、独特的视角考量学业与人生。

幸遇华中科大和华中师大的敬文学子，他们专程赶来与我们会面，见到他们，有种特别熟悉的亲切之感。淅淅沥沥的雨中，大家互致问候，相互交流，共话敬文，共勉人生。

与几位优秀的学兄学姐畅聊多时，探讨了文学学习方式，譬如怎样读论文，阅读时如何做笔记，以及读诗与写诗的奥妙等。学兄学姐带给我们启示与激励，顺势迸发，升腾起一股不可阻挡的力量带着我向前冲。

入敬文不足一年，我便获得了一个与名校零距离、与文化近接触的机会，与这里的高才生一起探索交流。是敬文书院，给了我难得的良机；是敬文书院，给了我历练的平台。在这里，了解您，认知您，适应您，享受您，我愿用平生最大的努力，愿不负此生，不负卿。

长大的过程，曾一路跌跌撞撞，直到坐上了敬文这班车，安稳行走至今。敬文教会了我如何有条不紊地处理繁多的事情，懂得了为人处事与交流面试的技巧，增长了见识，懂得了更多哲理。

敬文，您我曾相距千里，今朝与您缘聚，往后，我们便相濡以沫！我是多么幸运啊，今生得您栽培，未来，定许您一个卓越的我，一如卓越的您，我会让您迎来以我为傲的那一刻！

(本文获长三角高校书院联盟"我与书院的故事"征文比赛二等奖)

阳明温情

绍兴文理学院阳明书院　项一帆

我和阳明的故事从 2015 年的夏天开始，三年的时间像流水一般逝去，而我和书院的故事就像一坛醇香的黄酒，时间越久，我们之间的温情也越难以忘怀。

惊魂一刻

早上六点的闹钟毫无征兆地响了起来，我努力地睁开眼睛，迷迷糊糊地坐在床上辨别现实和梦境。昏昏沉沉的我下一秒就已经重重摔在了地上，我自己都不明白怎么会从两米多高的床上掉下去，疼痛和惊吓相互交织，我下意识地摸了摸自己摔疼的脑袋，却看到了一摊血迹。那是我待过最漫长的时刻，我想到了很多的事，我的记忆就像电影胶卷一般一直在播放着我的过去，惊吓过后的我毫无防备地哭了起来，震耳欲聋的哭声吓到了室友们，室友们都没想到这样惊悚的事件会发生在一个平静得不能再平静的早晨，宿管阿姨寻着哭声找上了门，看到了乱成一锅粥的姑娘们。

情暖阳明

阿姨赶忙扶起了我，她温暖的手就像我母亲对我的爱抚，我慌乱的心在这一刻慢慢镇定，我的身体因为害怕一直无法停止颤抖，心像被什么东西塞住了一般需要用眼泪来缓解内心的恐惧。看到我的哭泣，阿姨的拥抱就这么轻轻地上来了，她拢着我的肩膀对我温柔地说："没事的，先别哭，伤到哪里了？阿姨帮你看看。"这个简单的拥抱给了我无限的安全感，我渐渐平复了自己的心情，抑制住了自己的眼泪。阿姨检查了我的伤势，还顺带着跟我开了几句玩笑，寝室上空弥漫着的阴沉氛围在那一刻缓解了不少，她放心不下催促着我赶紧去医院看看，帮我整理好到医院需用的东西，就连一小张餐巾纸也仔细地叠了帮我塞在包里，她的举动很小，却温暖了这样一个惊慌失措的我。

虽然有室友的陪伴，阿姨仍是不放心我们独自前往医院，一直交代着要注意的事项，即使已经确认过我没有什么大问题，快走到校门口的时候她还是追了出来。我说："没事的，阿姨，我可以自己去的，我现在已经好多了。"阿姨皱着眉头责备道："你这囡囡，一个人在外头爸妈该多着急，阿姨不放心你！"她的唠叨真的像极了我的妈妈、奶奶，这是只有亲人之间才会有的埋怨，只有亲人之间才能懂得的关心。我坚持自己去医院，阿姨拗不过我，看着我上了出租车才放心离去。她小小的佝偻着的背影在初春生机勃勃的校园中显得那么不起眼，可这渐行渐远的背影总是让我忍不住去看一眼，再去看一眼。

温情长久

所幸我没有什么大事，没过几天就又蹦蹦跳跳地回到了书院。走到书院门口我又看到了那一抹粉色桃花的墙绘，我知道我到家了。还没进书院门口，阿姨就远远看到了我，她小跑着到了我的面前，拉着我的手急忙说："囡囡你回来了？脑袋有事吗？下次睡觉可要小心些了，你这姑娘总是不让人省心。"我连忙笑着保证以后一定小心。这三年来我总会记得那个早晨阿姨给我的轻柔怀抱，我想不管以后漂到了哪里，我也总会记得阳明带给我的温暖故事。

我和阳明书院的故事一直在继续，阳明给我的爱与感动就像我向前飞的翅膀，给我无限的动力。我感谢我生命中出现的这些善良的人，我也感谢这个书院给我的只属于我的归属感。三年的时光，阳明的温暖早在我的心头留下了浓重的一笔，以后我也会把这样的温情带到属于我自己的教师岗位，让每一个学生都能感受到满满的暖意……

（本文获长三角高校书院联盟"我与书院的故事"征文比赛二等奖）

一笺我与孟院的记忆

华东师范大学孟宪承书院　王惠巍

与"孟"初相识，犹如故人归

九月的上海艳阳当空，空气中有着北方所没有的湿润，脚下踩过飘落的大大小小的梧桐叶，传出清脆声响。就在这一天，我去赴一场与"孟"的约会。怯生的脚步停下，攥着的地图放下，孟宪承书院社区是我到华师大的第一站。那时还不了解她，只知眼前好看的学生宿舍一楼是我们书院的社区活动空间，一股自豪感油然而生。开学之后，孟宪承书院在学生社区中为我们建立了学生自主管理的楼层长制度，为我们设置了便于课外讨论合作的"孟空间"，也为我们举办了富有生活情趣的"社区微课堂"，等等。在这一点一滴之中，书院带给我们的是像母亲般的照拂，使我在距家千里之外的上海有一个"归处"，感受到归属。更值得一提的是，与老师同学们在孟院社区的朝夕相处让我逐渐晓得社区带给人的温暖关照正如当初惊鸿一瞥初相见，有着"与君初相识，犹如故人归"的安心，也慢慢感受到那一句在同学间相传的话——"学院如父，书院似母"的含义。学院像一个严父，更注重我们的知识积累、创造能力，他对我们有更加严苛的学术要求。而书院呢？像一位慈母，关注我们课堂之外的生活，朝夕相处之间给予我们的是大学生活和课外成长的指导和帮助。

听"孟"一席话，胜读十年书

依然是在与"孟"相识第一天，我匆匆整理好寝室，到学生共享空间。开学前不久，我在QQ新生群里得知开学典礼上新生发言代表的选拔活动，于是满怀热情地报名，没想到竟然真的被选中，成为孟宪承书院开学典礼新生发言代表；更没有想到的是，我也即将迎来大学的第一个挑战。说实话，当我一想到即将面对所有新生和老师公开演讲的时候，那股不知从何而来的

参选热情瞬间变成了忐忑与不安。特别是当我几次大规模地修改发言稿但仍没有达到预期效果的时候，再加上突然想起以前面对台下观众就会头脑空白以至于不能流利地说出准备了千百遍的发言时，我甚至一度自我否定，想到放弃。幸亏书院吴薇院长、辅导员和学姐学兄及时给予了我帮助，鼓励我勇敢地面对挑战——辅导员刘佳老师细心地帮我审稿，发现不足又亲自帮我修改；学姐学兄教我一些演讲的技巧，一字一句帮我打磨讲演效果；吴薇院长更是不断鼓励我，告诉我："你一定可以的！"我很感激演讲准备过程中发生的一切，也正是这一切帮助我克服紧张，自信上台并出色演讲。

这次挑战之后，我经历了更多的大大小小的挑战。我深刻地知道自己与初入学时已然大不相同；我更深刻地明白孟院对我的影响不仅关乎生活，更关乎成长。孟院如梦的翅膀，也如一位助跑者，关照着我的理想，帮助着我充实它、实现它，成为更好的自己。孟院，我生命中的贵人——听君一席话，胜读十年书。

有"孟"助力，海阔凭鱼跃

高中三年的拼搏犹如一条鱼逆水而上，最后一跃让我能来到理想的大学，来到孟院，这里正是"海阔凭鱼跃，天高任鸟飞"的地方。灵动、自由、丰富、多元，孟院给予每一个学生锻炼、成长的平台。

"今天的我总会比昨天更优秀，哪怕只是一点点"——从主持人大赛、教师技能大赛到未来教师暴走，再到生涯规划体验营，通过参加各种比赛和活动，我更加准确地认识了自己。因为我知道，只有明确了自己的定位与特长，才能扬长补短，不断进步。

"一日为师，终身为父"——人生导师和辅导员对我的影响不仅源于平日里的谆谆教诲，更源于一股以身作则、言传身教的强大力量。他们引导我们有长远的眼光，有远大的志向，有良好的习惯，有温润的品格；他们教导我们多读书，读好书，正如他们书不离手、做满笔记；他们鼓励我们凡事要多一份勇气，与我们分享自己的奋斗故事。当我拥有这一切，就犹如新生的幼苗有了沃土、雨露和温暖的阳光，使我能在最好的青春年华里茁壮成长。

我与孟院的故事还在继续……我知道，我的心是旷野的鸟，在孟院的天空飞翔，将与她碰出更多奇妙的火花。

（本文获长三角高校书院联盟"我与书院的故事"征文比赛三等奖）

诗意憩园

绍兴文理学院阳明书院　蒋瑶瑶

一、我们，拒绝"撞脸"

阳明书院，我最早因它这流淌着古韵书香的名字而对之神往，既冠以圣人之名，必有不凡之处。因而自收到录取通知书的那刻起，我就在心里画了个大大的问号，这究竟是一个怎样诗意的地方？我想着，宿舍楼不过就是长着一张"大众脸"的水泥建筑，挂着号码牌，有个谁都能叫的"大众名"，天南地北，哪都一样。无非就是不同的字母数字编号，只是冷冷的，方便记忆与区分的代号罢了，直到那次初遇阳明。我发现，原来我的大学宿舍长着一张不"撞脸"的俊秀面庞。

开学那天，走着，走着，抬头间，一块古色古香的匾额映入眼帘，只见上面写着遒劲有力的四个大字——"阳明书院"。下方一左一右的柱子上是一副对联，"哲人传习致良知倡知行合一，学于立身思明德务德才同修"。再往楼梯上去，是一间名为"阳明书屋"的图书阅览室，里面陈列着各类著作、报刊。墙上各类书画、各色手工作品将这个屋子装点得雅致大方。这扑面而来的书香，一时间让我觉着自己不是在参观宿舍楼，倒仿佛是走入了画中，成了画上的人儿了。这是个追求个性的时代，我们，拒绝"撞脸"。

二、书院——文化"传声筒"

"知者行之始，行者知之成，圣学只一个功夫，知行不可分作两事。"这句话就写在一进书院的那面墙上。进进出出，我们每望见一次，也就是一次深深的教诲，来自圣人阳明子的教诲。楼梯两侧的墙面上、宿舍楼的过道上，名师、良医的话语赫然在目，那是智慧的结晶，更是无言的良师。而"知行合一，格物致知"这八个字已经从墙上、纸上走进了我们的心里，刻在了每一个"阳明人"的灵魂深处。在这之中，书院便是"传声筒"，一头是几百年前智者的声声教诲，是贤人的殷殷期许；另一头是有时会对现实感到困顿，有时会对前路产生迷惘的处于新时代浪潮中的青年们。原本我们听不到历史那头的声音，我们不知从何寻起，书院的出现，成了我们之间的传声筒，让我们实现了与智者对话，与文化交流。

从来没有喋喋不休的说教，也没有整齐划一的口号，在这个"乱花渐欲迷人眼"的世界，书院扮起了文化"传声筒"的角色。书院本身及一系列的活动让我们在眼见、耳闻、身行之中耳濡目染，静静地、悄悄地，我们把点点滴滴听得真切，记得深刻。

三、归来便是家

书院是一方休憩之地，这里，归来便是家。在外奔波，拖着疲惫不堪的身躯回来，每当看见同学们亲切的面孔，听到宿管阿姨热情的问候，总觉得"到家了真好"。一尘不染、窗明几净的宿舍卫生大环境，礼遇他人、举手投足尽显涵养的"阳明人"，还有应有尽有的功能设施，这一切无一不显宜居、安逸的书院特色。穿梭在阳明书院里的我们，细细守护着每一份来之不易的快乐，这三年来，浓浓的"家味""人情味"，早已让我把这里当作另一个家。

（本文获长三角高校书院联盟"我与书院的故事"征文比赛三等奖）

人文精神不可忘怀

苏州大学敬文书院　陈双一

今年是我来到敬文书院的第三年，每当我想到书院，实在是有太多美好的故事可以讲了。其中我最爱对别人提起的，就是我们书院的敬文讲堂。每周三晚上的那两个小时，竟然成了我大学生活中不可缺少的一部分。

去年春天在中国昆剧院听到了青春版《西厢记》，依然记得当时被昆曲艺术震撼的感觉，细腻的唱词与美好的爱情是绝配，原来这么多年打动中国人的情愫一直没有变过。没想到书院几周之后就请来了周秦教授讲昆曲，周秦教授引用了一句话"不能欣赏昆曲是当代知识分子的缺憾"，讲座中时有悠扬的笛声穿插，常常讲到某个地方就一定要唱出来不可。还记得那场"情不知所起，一往而深"的讲座，如此浪漫又如此动人。从那以后，我更加觉得自己幸运，生活在一个有昆曲的城市。也因为周秦教授的讲述，让我对传统文化与传统艺术有了新的认识。

我最喜爱的电影导演是贾樟柯，大雪纷飞或是尘土飞扬的临汾，是所有故事绕不开的北方小镇。在看《小武》的时候，常常被那种扑面而来强烈的时代感牵着走，印象最深刻的就是小武在酒吧与陪酒女唱的那首《心雨》，微妙的小镇感情啊，没说一句爱，但那分明就是爱。恰好书院有次请到倪祥保教授来讲电影蒙太奇，在最后的提问环节，我有幸与倪教授交流了对《小武》和贾樟柯的看法。倪教授说了一句话让我非常感动："很欣慰现在还有年轻人看《小武》，贾樟柯是我最喜欢的内地电影导演。"那一刻我想敬文讲堂带给我的不仅仅是知识，还有获得认同的共鸣与喜悦。

前段时间有个很火的节目名叫《国家宝藏》，在看到国宝守护人的时候突然见到了齐东方教授。想起他的那两场讲座，真的让我心潮澎湃。听他讲尼雅考古的经历时，我第一次对考古学科有了新的认识。"只有荒凉的沙漠，没有荒凉的人生"这句话现在还常常被我想起。齐教授来讲《李娃传》的考古学诠释的时候，书院贴心地下发了《李娃传》文本，齐教授带着大家一字

一句地解释其中含义,那次讲座一下子让我的心沉静下来,好像回到了中学时期最爱的语文课,大学阶段这样的幸福时刻并不太多。在电视上再次看到齐东方教授的时候,忽然意识到敬文讲堂一直在为我们提供一个高层次的平台,让我们见识到更广阔的世界。

虽然我在商学院学习国际经济与贸易,但其实心里最向往的是中文系,可惜报志愿的时候阴差阳错没被录取。现在每天都要接触的数学符号和经济理论,实在与我的兴趣相差甚远。但好在还有书院,好在还有敬文讲堂,让我依然能够接触到这些我热爱的事情,让我的大学少了一份遗憾,多了对人文精神的了解与实践。

从书院去红楼听讲座的那段路很美,每次都是在傍晚,方塔篮球场的男孩子们在挥洒汗水,有时还会看到几抹在天边渐渐消失的夕照。广播里会传出温柔的歌声,校园的节奏一下子就慢下来。总是在这样的时分,怀着无比期待的心情去听一场敬文讲堂。现在想来,这就是我心中的大学生活最该有的样子吧。

(本文获长三角高校书院联盟"我与书院的故事"征文比赛三等奖)

立德立言，无问西东

南京审计大学泽园书院　章玉雷

风华正茂，春光满屋。漫卷诗书，循大师之足，谛听——那些定格在讲座中的唯美音符。

通识教育讲座是学术资源的重要部分，也是开阔视野、了解各个领域知识的重要途径，一些开展讲座的大师甚至会成为我们人生的领路人。"学而不已，阖棺乃止。"泽园书院的通识教育讲座已成为我大学生活中最重要的一部分，同时我也很荣幸能够为泽园书院的同学们服务，在院长的领导下组织开展通识教育讲座。

在我们成长过程中，每个人都会面临纷繁的选择，受到万事万物的干扰和阻碍。初入大学的我也会纠结于就业、考证、考研等的选择问题，是做一个精致的利己主义者，还是应该胸怀天下，做一个上下求索的理想主义者？这个困惑着我的问题始终没有答案。然而在我加入泽园书院院长助理团后，每周在书院的领导下组织开展通识教育讲座，和那些有美好德行、渊博学识的大师们交流接触，在潜移默化中受其熏陶，逐渐去除了内心的杂念和疑问，慢慢找到那个不安于现状的"真实"的自己。

经邦济世，用实践和数据丈量中国经济的"长江学者"——甘犁教授

记得那是 2017 年的三月，无意中关注到"润泽讲坛"关于甘犁教授的讲座播报，怀揣着无比崇敬的心情走入了敏达学术报告厅。虽然当时距离讲座开始还有半个小时，但会场已经挤满了像我一样的慕名而来者。讲座伊始，甘教授谈到了我国经济学教育的问题，他指出，中国学者在中国问题上并没有发言权，中国的问题还不是国际主流问题，他反思说："我们这些年经济学的研究是比较失败的，我们过多地关注他国的状态，却忽略了自身的不足；我们过多地用已有数据来验证外国的理论，却未曾能让中国特有的难题成为研究主流。"然后甘教授又进一步指出中国经济发展过程中面临的特

有问题，如"编码城市化""农户及小微企业的信贷"等。在这些问题上，甘教授对青年一代寄予了很大期望，他激励我们要把握时代的脉搏，要培养掌控时代节奏的勇气和眼光。

　　讲座过程中最令我印象深刻的是甘教授向我们展示他做的"贫困家庭振兴计划"的短片。视频讲述的是位于四川省西南部乐山市的一个真实事件，那里民风淳朴，风景秀丽，然而该市人民的贫富差距很大，有人生活富裕，也有人生活难以为继。短片中的主人公每个月蹬三轮车差不多赚四百元，再加上全家六百三十元的低保补助，每月总收入只有一千元左右，难以维持家庭开支。甘教授说道："像主人公这样靠自己微薄收入和低保的贫困人口在中国还有很多……"作为深居象牙塔的大学生，直观地看到这些画面、听到这些数字时，我的内心被深深地触动。默默地，我用力地把这些记录在自己的笔记本上，我反问自己："中国还有这么多人处于贫困状态，我们青年一代是不是应该为脱贫贡献自己的力量？是不是应该为中华之富强而读书？"

　　当我正沉浸在自己的使命感中，甘教授又进一步解释道："中国低保制度主要是现金支付制度，然而现阶段的支付制度也存在不足之处，一方面低保的额度小，另一方面采取差额补齐的方式，缺乏劳动激励。"因此，为了弥补现阶段低保制度的不足，甘教授曾组织团队结合现实情况于2014年在乐山市开展"劳动收入奖励计划"，即通过以奖代补的方式激发贫困群众的内生动力，让他们更加积极地参与劳动市场，主动脱贫。当低保者通过诚实劳动获取的收入增加时，他们获得的补助也越来越多，当他的收入达到一定程度（可以满足家庭正常开支）的时候，给他的补助也会相应减少，该计划的主要目的是激励有劳动能力的低保户积极地参与劳动，提高扶贫资金使用效率，进而平衡救助和就业之间的关系，进一步缩小收入差距，增强贫困家庭抵抗风险能力，实现脱贫致富。这可能就是好的机制设计对资源的优化配置及充分解放生产力的作用吧。整场讲座下来，我看到的是一位知识分子通过实践去发现问题，然后再通过数据和理论，去研究和解决问题；我也明白了，对于中国的问题，我们不仅要"看"到，要有担当和使命感，还要有"想法"，要通过知识理论和制度设计加以解决。正是甘教授的这次讲座让我看到一位经邦济世的学者之于国家和人民的真正价值。"高山仰止，景行行止。虽不能至，然心向往之！"

　　以上就是我与泽园书院通识教育讲座的故事。"立德立言，无问西东"，书院通过通识教育讲座激励我们成为有情怀有梦想，有德行有学识的人，正是有像甘教授这样的德行师表在前引路，拨开纷扰的云雾，我们在人生的旅途中遇到各种干扰和阻碍时才懂得无问西东，勇往直前。当然，我与泽园书院的故事不仅仅只有通识教育讲座，我与泽园书院的故事才刚刚开始。最后就用泽园书院的院训来结束我的这一故事——"知书达理共成长，自主致公泽天下"！

（本文获长三角高校书院联盟"我与书院的故事"征文比赛优秀奖）

当我谈起任重时，我谈的是什么

复旦大学任重书院　刘千瑞

这回我想讲的故事，不再是为同学们和校外参访人士介绍任重的历史，不再是讲述任重的来历，不再是叙述任重建设中取得的成果，也不再是描绘任重长远的发展蓝图。虽然对我来说，要想把这些牢记于心、总是在嘴边反复叙说的内容串联起来，写出一篇文章充个数实在是容易。

但这回，我想讲一些很少在日常工作中谈起，却如此那般烙印心房的故事。这些故事，不仅仅是我作为任重的一名学生来讲的，它们更是要求我用一名书院工作者、建设者的视角来讲。我用我的视角把握着任重，它们决定着我在谈起任重时，谈的是什么。

一

我在大一的第一个学期加入了任重书院学生自我管理委员会，当时我在秘书处任职。那时任重书院的公共空间还依赖于线下的借用流程：需要借用的申请人在指定时间来到自管会值班室，由我对申请进行审批。我持续负责这些工作大概有两个学期。每次值班时见到形形色色的同学，来自各种各样的组织，有着各式各样的借用需求。我坐在值班室的桌前，一位一位地接待，一件一件地审批。

那时，自管会一周只设置一个值班时间，每次值班时间大约一个半小时，一个学期的借用量大概还不过百。在我大一结束的时候，我们推行了公共空间借用线上制改革，申请人再也不用赶着固定的时间跑去固定的地点借用一间活动室，而是随时随地，在手机上轻点几下，就可以完成从前颇费周折的一整个流程。

在大二上学期，我参与了任重书院学生自我监督管理委员会的换届选举，同时我还担任着自管会的职务。我在竞选发言时说，在上任后我要向全体师生公开自己的手机号，用以收集师生对于任重书院建设发展的意见建议，尤其是同学们关于自管会举办的活动、对于书院公共空间的使用等方面的意见建议。当时我被高票推选为监委会新一届秘书长，一上任我就立刻在老师的指导下、监委会其他成员的支持合作中推行监委联系方式公开的措施。上任后不到7天，当时名字仍叫"任重自管会"的任重书院官方微信平台上，就公开了全新上线的"任重监委热线"。为了做好监委热线，收听师生们的意见建议，当时我专门注册了一个新的手机号码，全天候开机用作监委热线，这个手机号我至今倒背如流。

那之后，每一个任重的官方微信推送下方，都会有任重监委热线的功能介绍及电话号码。我们也接到了诸多有价值的反馈，在可实行的范围内，予以改进。毕竟这是以前从未出现过的事物，且是监委工作中最快速最便捷的意见建议反映渠道，这使得同学们对任重监委热线抱有极高的期待。我们也收到了许多令我们措手不及的反馈。记得有一次，一位住在本部的任重书院的女生反馈说：草地上的风太大了。

所以，当我谈起任重时，我谈的是一种创新变革的态度、精神。这和这个时代的快速发展是吻合的。很多时候我们理所当然地接受着一些固有的思路，但是随着新科技、新渠道的诞生，我们也需要尝试新的思路来对其加以运用，以更好地服务同学为目的、以优化管理方式为途径做提升。

二

在自管会第六届换届选举中，我被推选为第六届任重自管会主席。在指导老师的带领下，我和其他主席团成员、部长团和各部门的成员们，接下了为全体师生打造更好的书院生活的接力棒。随之而来的，也是全新一届部长团。在这个自管会队伍里的每一个人，都有着丰富的书院工作经历，都饱含着对书院的感情与热情。我曾在一次自管会全体大会上跟同学们说：是什么，让复旦变得独一无二？我想这其中必不可少的一部分，就是我们的书院制度。盘点全球范围内拥有书院建制的高校，数量就不多，国内设立书院制度的高校更是寥寥无几，而复旦就是其中之一。这其中，任重书院就是必不可少的组成部分。

这里，我要谈谈一些任重人。在我自管会主席的任期内，已经接受过两位团工委老师的直接领导。记得我在参加第六届自管会主席竞选前内心非常纠结。一方面是因为自己确实热爱着书院，乐于为师生们打造更好的书院生

活；但另一方面，自己已经有着繁重的学业压力，而任期内的三个学期可能更会是如此，我担心自己能否兼顾好两方面的工作。

竞选前期正好有一项书院主办的大型活动。那天我和我的指导老师都在现场负责活动的进行。我趁着间隙向老师表明了我的想法和顾虑，老师很耐心地听完我的想法，她说："因为学业压力而没有时间做任何其他事，其实是不充分的理由。只要有奉献的热情和能力，那就能够平衡好两方面的问题。"我在老师的鼓励下参与了竞选。在这一年的过程中，我在这一方面也切实感觉到，很多事情，不能因为无端的顾虑就止步不前。

在今年的传统文化月，新一任的团工委领导老师指导自管会开展工作。在台前幕后，总能看到他忙碌的身影，无论是从整体布局，还是从一个微小的细节，都能感受到他细致入微的考量与安排。很多时候，和老师的交流都会延续到深夜、凌晨，两位老师都是如此。有时候甚至不仅仅是工作上的事情，还涉及很多我自身学习、生活方面的问题，老师们都乐意帮我解答，为我指明方向。照道理说，老师们是有工作时间和休息时间的，但是，书院里的指导老师们，却总是在面对学生时忘掉这条界线，无论什么时候，他们都乐于进行指导。

除此之外，还有身边的同学们。他们在自己岗位上的尽责与奉献，同样是促进任重不断完善、不断发展的重要力量。去年一年，任重书院自管会的公共空间借用次数达到近千次，是往年的近五倍；举办讲座、沙龙、导师去哪儿等各式各样的活动数十场；还开设了咖啡吧、健身房、瑜伽课程等，免费供全校师生享用。所以，当我谈起任重时，我谈起的是感恩与奉献，以及收获与付出的爱。

今天我对任重的感情，是一份独特的爱。这份爱是沉甸甸的，因为对待这里的每一件事，都要认真而严肃；这份爱，也是广泛的，无论是任重中庭的一草一木，还是坐落在光华楼正对面的四座任重楼，又或是任重的老师、同学们，他们构建着任重独一无二的特性。

任重人总是会离开这里的，我从高中走入大学，成为任重的一员；从任重的一员到担当起任重建设者的责任；再到任期结束，从这里离开；再到毕业，变成"曾经的任重人"。不变的是放在七号楼一侧的任重书院石，而这里的人、事却每分每秒变化着。这便使其拥有了更多神秘的色彩，使得她的每分每秒都是那么独特。

在任重这么长时间，我甚至有些条件反射地敏感，看到一个任重书院的同学，心里的第一反应是：啊，这是我的服务对象；但是，在任重的时间又这么短，以至于我始终对任重的发展充满着期待。

每一个任重人终究是要离开的，我希望任重的故事及她带给每一个人的每一份独特的经历可以烙印在每一个人的心房，就像是任重书院石深深地扎根在任重的土地上。岁月漫漫，从此以后，当谈起任重时，我会谈起我对她的爱。

（本文获长三角高校书院联盟"我与书院的故事"征文比赛优秀奖）

心怀敬文情，永为书院人

苏州科技大学敬文书院　陈苏阳

如果有人问我敬文书院是什么，两年前的我会说，敬文书院是我心生向往的场所；现在的我会说，敬文书院是我努力奋斗的地方；在将来的某一天，我希望能够这么回答：敬文书院是我为之骄傲的故地，并以我为骄傲。心怀敬文情，永为书院人。

初到书院：感动与奉献

2016 年九月初，新生报道的前一天，我第一次踏入苏州科技大学敬文书院的大门。"这里就是我在大学里的'家'！"听着在大厅中回荡着的脚步声，我终于产生了加入敬文书院的实感，自从暑假申请加入书院以来，一直有些躁动的内心，也顿时平静了下来。在紧张和焦虑都被驱散之后，兴奋和激动的心情如海浪般一层一层地在心中激荡，刚刚平静的心以另外一种方式再次躁动起来。"我想要在这里做些什么！我想要为这里做些什么！"这样的想法填满了我的内心。幸运的是，这样的想法很快便得到了满足。

我第一眼见到常任导师陆老师，她就坐在面向大门的桌子旁，在电脑上操作着什么。桌上放着钥匙、信封和印在红纸上的通知。大概是听到了我的脚步声，她的视线离开了电脑，稍作游移之后，便很快锁定了我。"请问是敬文书院的同学吧？你好！我是你们的常任导师陆老师！欢迎加入敬文书院！"伴随着灿烂的笑容，温暖的言语流入我的耳朵，渗入我的心房，整个人都变得暖洋洋的。短暂的交流后我了解到，我是敬文书院第一个报到的同学，而书院由于是第一届招生，所以也没有老生帮忙迎接新生，因此我留在大厅帮忙，便成了十分自然的事了。

在信封上写上每位同学的名字，在信封中装入钥匙和通知，告知报到同学床位如何分配、基本注意事项，带领同学前往自己的宿舍，介绍宿舍的基本情况，等等，这些原本由我一个人承担，完成起来十分困难的工作，在后续不断加入的主动帮忙的同学的协助下，都很好地被完成了。

"谢谢你帮我们拎行李！某某某，以后多和大哥哥学学！"一位热情的家长在向我道谢之后如此向自己的孩子教导道。当我解释道自己也是敬文书院的新生之后，大家都略有尴尬地笑了起来。虽说只是一场误会，但我真切地感受到了那位家长的赞美之心，这让我的心中再次充满了暖意。

新生报到的两天，我在参与接待工作的过程中收获了许多感动，这让我下定决心，要尽己所能为敬文书院做出贡献，让所有来到书院的同学，都能获得同样的感动，并为加入敬文书院由衷地感到高兴。

在之后的半年中，我在书院担任了大量职务，完成了许多分内和分外的工作，在和书院首届学生干部团体的共同努力下，将书院的各项制度一一建立和完善。

然而，就在书院逐渐走上正轨的时候，我却在学期末的一次体育锻炼中由于过劳意外扭伤脚踝，打上了石膏。这严重影响了我的期末复习和考试发挥，最后学期成绩只位列专业第十一名。大一的寒假，我的生活被休养和复健填满。在单调的生活中，我不断思考着，为了不将这一切归咎于书院，为了不否定这半年来的努力，不断思考着。

半年之后：夯实与提升

"担任学生工作会挤压学习时间，但不一定会影响成绩，归根结底，担任学生工作占用的是娱乐和休闲的时间。"

经过一个寒假的思考，我得出了这样的结论——在提升自我这方面，我还不够努力。只有一颗奉献书院的心是不行的，只是完成学生工作是不行的，在学生干部之前，我们是学生。只有自己不断进步和完善，才能真正推动书院的发展。在明确这个想法之后，我才在真正意义上走上正轨。经过一学期的努力，我的学年成绩排名升到了专业第一名，并获得了省高数竞赛二等奖等奖项。同时，我在书院的工作也越来越得心应手，获得了老师和同学的广泛认可。

"为国储才，自助助人"是我们铭记于心的敬文精神，只有先"成才"才有资本"助人"，花了一年时间，我才透彻理解到这一点。

一年之后：引领与传承

一年过去，敬文书院迎来了 2017 级的新同学。我作为学生助导，参与到了新生接待和指导的工作中。

"我们能为书院带来什么，书院就能为我们带来什么。作为书院的一分子，我们和书院本身就不是孤立的，而是一体的。在我们自身获得成长的同时，书院也不断发展完善，大家共同进步。这不是十分幸福的事吗？我想幸福也许不是一种状态，追寻幸福的过程本身就是十分幸福的吧。"我曾和新同学如此分享道。

从新同学入校开始，我就尽己所能地将我这一年经历的、感到的、学会的全部都分享给这些可爱的学弟学妹。希望他们能把书院当作一个温暖的大家庭，希望他们能真心为自己是敬文书院的一员感到幸福，希望他们铭记敬文精神，为书院、为学校乃至为整个社会做出自己的贡献。

结语："过一种幸福完整的教育生活"

"过一种幸福完整的教育生活"，这是敬文书院实行的新教育理念所倡导的。如果说我当时不是为了书院丰富的教学资源、完备的硬件设施及良好的学习氛围，而是为了这句话才决定加入书院，可能毫不夸张。一年半过去，我迷惘过，但从没有后悔过，我也希望敬文书院的所有同学，都能将加入敬文书院当作一种幸福。我在为此努力着，并将继续努力下去。

心怀敬文情，永为书院人。但为书院人，不忘敬文魂。何为敬文魂？为国储才，自助助人！

（本文获长三角高校书院联盟"我与书院的故事"征文比赛优秀奖）

轻叩门扉

温州大学超豪学区　许梦滢

一日夜深时，我伏于杂乱的桌上，头顶的台灯像黑色海波上的一轮皓月，明亮而温暖。静寂中似听闻门外笃笃叩门声，纳闷之余，移步启门。廊中只有风呼啸着穿过。门上贴着的一层薄薄的海报纸边缘破碎，劲风吹过，海报的边角被掀起，敲打门扉，似有来者叩门。

在寝室，我的寓处最靠近门，凡有访者叩门，我常是那启门招迎者，因而对这叩门声独有感触。今夜，一阵风的来访吹起了些许涟漪，便借此回忆一些轻叩门扉的故事。

那是一位学区的"专业"修理工叔叔，看起来四五十岁，有力的双手负责学区大大小小的修理工作。几乎每一次，我们在学区的网站上发布"求助"讯息后的几个小时内，他就会站在这扇门外，轻轻地叩响门扉，继而用中气十足的声音宣告他的到来。每次我疾步走去开门，门口站着的那个身影似乎始终如一：身着一整套灰青色老旧的工作服，双脚随意地穿着一双球鞋，有力的肩部扛着重重的一盒子工具，脸上没有任何多余的表情。他的那双球鞋踏进过我们寝室许多次，灰青色的身影穿梭过寝室的许多角落，印象最深的一次是他帮我们修理浴室漏水的天花板。

"小姑娘，你的凳子能借我用用吗？"他抬起头，眯着眼睛看看浴室里不断滴着水的天花板，用不太标准的普通话低沉地向我问道。

接着，他就踩上了我的凳子，顺势一大步稳稳地踏在浴室的盥洗台上。他举起那灵活而有力的双手，把那块还在滴着水的塑料板从浴室顶取了下来，招呼着我帮忙拿一会儿。我就这样捧着他取下的塑料板，站在一旁看着他修理。只见他慢慢地踮起了踏在盥洗台的双脚，把小半个头都伸进了那个失去了塑料板的黢黑的洞口里。

"小姑娘，这上面的水管破了。你帮我把那个盒子拿上来。"闷闷的声音从洞口传来。于是我赶紧将那块塑料板放在地上，转而举起那盒重重的工具箱，递给叔叔。他这才把头从那洞口伸出来，感谢似的朝我点了一点头，顺势洒下几滴上面的水珠。

水管很快就被修好了，装上了塑料板后，叔叔敏捷地从浴室的盥洗台顺着我的凳子落到地上。

"修好了！"他用湿漉漉的手指指那块塑料板，脸上忽然间灿烂地绽开几丝笑意，"凳子还有这个台子被我踩脏了，不好意思啊！"接着，他便用那两只手胡乱地在我的凳子上擦了几下。

门外的风又吹荡起阵阵叩门声，坐在这把被他用双手擦过的凳子上，回想起这位修理工叔叔，觉得那张面容亲切又质朴。大概每一次成功的修理，都能为他带去许多由衷的幸福，所以那张原本没有多余表情的脸上才会爬上这样灿烂的笑意。工作本身，已经成了他的一份质朴的坚守。从那以后，我每每在打开的门后看到叔叔的面容，便觉得他那原本不动声色的脸上隐隐地露着一丝笑意，笑意里带着他对生活与工作的热衷与真挚。

想着叔叔的笑意，我的脑海中又仿佛重叠起一些女孩的面孔，她们也不时会站在我们寝室门口，用甜美清脆的嗓音叩响这扇木门。她们都是超豪学区自我管理委员会的成员，潜心地做着为同学服务的学生工作。她们常常会露出几颗洁白而可爱的牙齿，出现在被我打开的门缝里，礼貌地轻声细语，对我说话。记得每一次开学初，她们常常来到楼道里，轻轻地叩响每一个寝室的门扉，一遍又一遍地传达信息，提醒我们不要被诈骗信息所迷惑；平常时日，她们也常常微笑着走进那扇门，耐心地告知我们近期的学区活动；几个静谧的深夜里，她们悄然叩响我们的门扉，认真谨慎地确认寝室的成员都已安全地回到了寝室……我们每次都会对她们的辛勤工作表示感谢，而她们则总是不好意思地摆摆纤细的手臂，微笑地道着"没关系"，转而又迈着轻快的脚步走向另一个寝室。

那一声声的叩门声，在我寄居的这学区小小一隅中，不时温柔地响起，每每如同清晨的一缕阳光轻叩门扉，带着明媚的笑意给予我们温暖和光亮。我不常出门，学区的许多活动也无幸参与，却时常能够被那一声声轻叩门扉的声音所打动，他们不仅仅叩动了那一扇木门，也用阳光般的温情叩动了我们的心扉。

这是一位常居于寝室的启门招迎者之感。其实，身份转换之间，我也时常是那轻轻叩响他人门扉的访者。

在超豪生活了近三年，我曾无数次地走进学区五号楼的事务大厅，也曾无数次地用我的双指轻轻地敲击着老师办公室的木门。那扇门扉的背后，等待着我的，永远是一张张和蔼而亲切的面孔。很多次，怀着忐忑不安与焦虑不解的心情迈进事务大厅，弯曲的手指在接触到木门的凉意后微微颤抖，门后的那声问候却总能使我感到平静而安宁。

在学区，无论是他者叩响我们的门扉，还是我们叩响他者的门扉，我所体会到的，却是同样沁人心扉的温柔。我想，这大概是属于一个学区的、最曼妙的温柔。

夜仿佛更深了，门外的风也已消遁。带着一丝暖意，我想我也该进入梦乡了。

（本文获长三角高校书院联盟"我与书院的故事"征文比赛优秀奖）

仲里寻她，申情共长

绍兴文理学院仲申书院　朱新妍

那一年，她 17 岁，花一样的年纪。

她离开熟悉的温州市，拿着高考考差后收到的大学录取通知书，来到绍兴——这座温柔的江南水乡，开始了她的大学生活。

说真的，她很迷惘。这座大学压根不是她想上的，专业也不是她喜欢的，复读已无望，她不愿意接受这样的事实，却又无可奈何。她和母亲拖着行李箱，来到这座还算干净清丽的大学——绍兴文理学院。刚进校门，就被迎接新生的几个显眼帐篷吸引了。

学兄学姐热络地和她招呼："学妹，你是哪个学院的？"

她怯怯地回答："经管学院，工商管理专业的。"

"哦，我们仲申的呀，那跟学长走吧，他会带你去寝室报到的！"

旁边的学兄学姐露出格外灿烂的笑容，陌生的距离似乎缩短了一点。

那个皮肤有些黝黑但面露热情笑容的学长疾步走来，扛起她们的行李往前开路。她傻傻地跟在帮她们拿行李的学长后面，问起为什么学姐说她们是"仲申"的。学长耐心地解释，大学里是书院制，一般来说，几个学院对应一个书院，但咱们学院比较特别，大概是因为人多吧，就是一个经管学院对应一个仲申书院。她听到学长说"咱们"的时候，莫名感到亲切，听到仲申书院很特别时，心里竟然也有一点点骄傲。

仲申书院，以后她就是仲申书院的人了？是不是仲申书院的人都这么热情和团结？这样真好！

刚开始适应大学生活的那段时间，她心里是有新鲜感的，毕竟大学和高中不一样的地方太多了。可过了适应期，她就开始对这座学校产生了抗拒心理。专业她并不是很喜欢，寝室是 6 人间，空间实在有点小，每天的课程有些枯燥，三点一线的生活让她开始觉得麻木。她开始陷入低迷的状态。

过了一段时间，她加入了几个社团：两个学院的学术性社团，一个网球社，还有一个校心理站。刚开始她并不觉得自己加入的学生组织太多了，可当她忙着赶文件没时间吃饭，当她飞奔在去教学楼上课的路上，她发现，她加入那么多组织不过是为了消遣，让忙碌淹没自己不甘而麻木的心理，可她做的大部分是无意义的事。于是，她退出了一些社团，留在了一些对自己有帮助的组织里。她不再那么忙碌，慢慢开始思考当前和以后的路。

大一的下学期，她加入了她喜欢的校青年志愿者协会。她发现，自己是真的喜欢参加志愿活动，帮助别人让她感觉快乐和满足，她好像找到了自己存在的意义。后来，她参加了学院的学科竞赛，市场营销大赛和管理案例分析大赛，她加入不同的团队，开始为团队的共同目标而努力。这样的小组合作比赛让她深刻感受到了经管的学生身上那种特有的气质，也就是所有"仲申人"身上的独特气质——求实利和分工协作的团队精神。

在市场营销大赛里，每个团队会对参赛文稿、售卖商品等内容进行讨论和分工，在实战营销时，每个团队会卖力吆喝自己的商品，为着盈利的目标而共同奋斗。在比赛结束后，无论输赢他们都会去外面庆祝，犒劳辛苦的自己。在之后的时间里，那个小团队虽然已经解散，但彼此依旧默契，关心彼此的生活，有一种心照不宣的信任和团结一直在延续。在管理案例分析大赛里，每个成员都有自己特定的任务和责任，有不清楚的地方大家可以开诚布公地讨论，目的很明确：在企业调研中学到一些东西，并且拿到比赛奖项。这样的求实利精神和团队精神在无形中感染着她，慢慢地，她也有了"仲申人"特有的气质。

其实，仲申书院学生的求实利精神和团队精神在很大程度上是由他们的专业性质决定的。从商者，必须要有求实利精神，否则日后很难在商场上立足；而一人之力有限，团队的力量总大于个人，因此团队精神很重要，没有团队的共同努力，就没有个人成就。这些总结性的想法都是她在仲申书院有过很多小组学习和比赛的经历后得出的。

大二这年，她成了校青年志愿者协会的干部，组织和参加了很多志愿活动，有时也需要熬夜写写文件，但这让她觉得充实而有意义。她继续参加学院的很多学科竞赛，之前的市场营销大赛和管理案例分析大赛，还有电子商务大赛和"互联网＋"创新创业大赛。在团队的学习和比赛中，她所认为的"仲申精神"——求实利和团队精神，已经深深地根植在她心里。

而在这些志愿活动及比赛中，她和很多其他学院或其他专业的人交朋

友，与不同的人交流碰撞，她渐渐地找到了自己的方向。她想，其实自己的专业也挺好的，自己可以从中学到很多知识和经验；并且，她需要成为一个优秀的人，要么让自己大学四年的履历更出色，在毕业后找到一份满意的工作，要么选择考研，向更高的学府进发。但无论如何选择，她都需要走好当前的每一步，不灰心，不气馁，经营好自己当前的生活。

在仲申书院近两年的生活里，她找到了自己的方向，找到了那个想要努力和向上的自己。同时，在书院生活里，她已被她所认定的"仲申精神"深深地感染，成了一个地地道道的"仲申人"。这种精神，会一直陪伴她，鼓励她，走下去，不回头。

你一定知道，那个女孩就是我。今天，我想用平实的语句记录下我在仲申书院两年的成长经历。我在仲申书院找到了那个明确方向的自己，也收获了独特的"仲申气质"——求实利和团队精神，它将一直陪伴我走下去。

我的仲申书院啊，我将和你一同成长。

（本文获长三角高校书院联盟"我与书院的故事"征文比赛优秀奖）

砥砺同行　笑靥如花

永不消散的美好

华东师范大学孟宪承书院　赵晋冀

仍记得三年前的那个夏天，我揣着所有初入大学校园的少年该有的稚嫩来到华东师范大学。那天天气很热，阳光很强劲，耳边是从未感受过的蝉鸣大合奏，上海的潮湿与闷热让初来乍到的北方人无处躲藏。走到孟宪承书院共享空间门前时，我感受到了第一缕清凉。低头看看手中的录取通知书，我意识到，就是这儿了！初次见面的辅导员对我说："你的大学生活就从这里开始，不要惧怕遇到的困难，有孟院，有我。"

这三年来，孟宪承书院给我带来的美好一直在我身边萦绕，每一次孟院举行的精彩活动，不论是有关知识还是友情，都让我收获颇丰。影响我最深的是孟宪承书院提供给我的一次交流项目——"孔子行脚"台湾偏远地区支教实践经历。

2016 年 7 月 6 日 12 时 15 分，我们乘坐的航班开始在浦东机场的跑道上滑行，从这里开始了一段日后让我难以忘怀的记忆。大概两个小时后，我们的飞机降落在台湾桃园机场。很快，我们便感受到了海峡对岸亲人的热情，伴随着台湾同学甜美的微笑，我们开始了这段旅程。在老师的带领下，携着孟宪承书院给予我的幸运和信任，我与其他四名同学开启了"孔子行脚"项目。在南投县埔里镇埔里中学为期一周的支教生活，让我和团队里的伙伴们真正理解了圣人孔子的教育理念。

子曰："有教无类。"

其实，多年的师范生教育让我深刻地明白，这是一句看似简单但实际上又难以做到的至理名言。而我在埔里中学的校长身上看到的，则是真正对"有教无类"这个教育理念的实践。据统计，埔里中学是台湾接收"问题学生"数量最多的学校之一。但是，这所学校不带任何偏见与歧视，悉数将这些"不一样的学生"编入普通班级，与其他学生一起成长、受教，用尽一切办法让他们回到正常的生活。这种做法让我深切地感到"有教无类"的教育理念在这所学校真真实实地扎了根，在这所学校得到了很好的实践。

子曰："三人行必有我师焉。"

身边同行支教的同学，每一个人都拥有着不同的专业背景和知识储备：汉语言文学专业的同学精于诗词歌赋，英语专业的同学国外见闻丰富，应用化学专业的同学擅长理性思维，还有地理科学专业的同学则"上知天文，下知地理"。不时的交流与学习使每个人都得到了平常不会有的成长和体验。与此同时，与学生的"教学相长"，也开始得以展现。

子曰："求也退，故进之；由也兼人，故退之。"

这个典故叙述的正是"因材施教"的教育理念。世界上没有两片完全相同的叶子；对于师者，每个学生都是截然不同的受教个体，需要不同的方式方法才能够让他们在共同成长的前提下保有特长与特点。支教前，我虽然也深知这个道理，但免不了只是纸上谈兵；而经过整整一周的教学实践，我才知道要将课程大纲与各个同学的特性结合起来是一件多么不容易的事情。

一周的支教生活，虽然并不太可能给孩子们带去太多的知识，但所有的人都在用尽全力，用尽各种方式激发他们对知识的向往和对未知事物的渴望；同时，我们也与学生们建立了深厚的感情。现在回想起来，离别时依依不舍的感觉还在心中若隐若现。

2016年7月18日18时40分，同样的航班沿着同样的航线向着相反的方向离开了台湾。起飞前的一小时，我同特地来送别的带队老师挥手告别，也和第七届"孔子行脚"告别，和台湾告别，但我相信这些都是暂别。感恩"孔子行脚"让我更深刻地理解了教育的意义，感恩"孔子行脚"让我遇到埔里中学那些质朴可爱的孩子，感恩"孔子行脚"让我获得了不可多得的深厚友谊。

而这些，都来自孟宪承书院给予我的机会。当然，孟院带给我的美好还远远不止这些，孟宪承书院那一抹亮眼的绿色也早已在我心中生根发芽。我喜欢这个大家庭，早已习惯了向别人介绍"我是孟宪承书院的学生"，也已习惯了辅导员办公室里老师们的笑容。

从2014年到2018年，从山西到上海，从十八岁到二十二岁，2018年是我与孟院结缘的第四个年头，也是最后一个年头。我马上就要离开书院，但我的心永远不会离开书院，就像书院带我的美好永远不会消散。

（本文获长三角高校书院联盟"我与书院的故事"征文比赛一等奖）

我"俩"的复习时光

——记 2017 年冬

温州大学超豪学区　倪羽筝

自 2016 年九月融入超豪学区起，至今，她已陪伴我走过了将近两个年头。除去日常的学校上课外，我几乎一直和她待在一起。我喜欢她，甚至很黏她，饮食起居、嬉戏打闹、学习钻研，都离不开她。因此，我在心里秘密地给她起了一个昵称——"超可爱"。从不任性，且，无比耐心。

我可以在深夜的阳台上和她说悄悄话，她会很耐心地倾听并永远为我保守秘密，然后让夜色帮忙解决我的困惑；寝室大扫除，她会让风儿将感谢传递给我们——为她清理身体；遇上雨天时，她为没有带伞的我们提供遮蔽——屋檐下的空留地和小道边的大树；沮丧不安时，她会为我们敞开胸怀，让阳光随意地洒入寝室，温暖怀抱中的我们……

尽管如此，我在很多时候仍旧会觉得内心空落落的。仔细一想，也许是因为我还没有真正走近她的内心，又或许是我想从她这里找寻到某种真正意义上的依靠。但我花了将近一年的时间却始终没有能与她更加亲近，这使我有些气馁。但贴心的她可能是窥探出了我的内心吧，2017 年冬，冥冥之中，她给了我指引，找寻到她的内心。

说来是有些机缘巧合的。大二上学期的十二月初，已临近期末考试，可想而知，各门专业课的复习资料此时已经堆得像小山一样高。一沓又一沓地堆在寝室的桌子上，看着怪恼人的。咬咬牙下决心要去图书馆复习，但图书馆里的期末复习大军最终让我落荒而逃；而学区里的"三到书屋"天还没亮就已被人儿占得一个座位都不剩下。没办法，我就暂时来到学区河边的绿地上，心里想着：将休息用的桌椅用于学习，也算是挖掘了它们另一面的价值了，等物色到适合复习的地点再"搬迁"。

就这样，2017 年 12 月 6 日，我第一次坐在学区小河边的长凳上，开始了复习之路。出乎意料的是，复习的效果极佳，记忆力甚至都变得惊人。河边空气清新且无闲杂人等，对于像我这样复习时喜欢出声的人儿而言，在这里，可以放声背诵，也可以放肆地伸伸懒腰、不顾形象地打哈欠，一切都是自在的。感觉累的时候，还可以看看河上低飞而过的鸟儿们、时不时从水下探出头的鱼儿，以及草坪上打闹着的小狗们，每一种光景都是新鲜且充满活力的，为我的复习时光增添无限的乐趣。就这样，从那个下午起，学区的河边成了我的长久学习之地。

头几天，我只是白天的时候会在那儿复习，晚上河边昏暗而且有些冷飕飕的，冷风迎面吹来，算不上刺骨，但滋味也足够"酸爽"。复习几天之后，甚觉时间紧迫，一番思想斗争之后，我决定晚上要在河边继续复习。不仅仅是效率的原因，更多地也许是想要自我突破（这也是我在超豪一年多的时间里学到的深刻的道理之一：年轻就要敢于吃苦，不然就糟蹋了这大好年华。精神上的自我坚持可以战胜肉体上对痛苦的恐惧）。但又有点担心别人怪异的眼光，于是厚着脸皮把特别怕冷的室友生拉硬扯地从寝室里拽出来陪着我一起。尽管被她抱怨好些时日，但她终究愿意同我一起，即使是迎着冷风。这一点，也是超豪给予我的恩赐——难得的同窗之谊。

就这样，我从白天到深夜不间断地复习，2017年末的冬也基本都在河边度过。夜晚河边复习的时光让我遇上许多有趣的事、可爱的人。超豪对面的D区学生公寓时不时传来的跑调声儿，常令人笑得前仰后合；还有晚上来河边散步的情侣，浓情蜜意的，空气都是甜的。而印象最深的故事发生于12月20日的那个夜晚——那天真的极冷，但我和室友仍旧同往常一样在河边复习。感觉有些乏了便起身在学区转转，回来后发现桌子上多了两杯热腾腾的美式咖啡！杯子上还贴有便利贴，写着："亲爱的同学，你们好，看你们在这户外复习已经好几天了。今晚真的很冷，希望这两杯热咖啡可以带给你们温暖。趁冒着热气，赶紧喝哦，然后记得早点回寝休息呢。"我和室友四目相对，开始傻笑，最后，哽咽不止。

这样的超豪，怎能不让我觉得温暖。这是一种被关心和被惦念的感动。

但，冬日里的超豪也确实是冷的，因为几乎总是被呼呼的冷风盘踞着。因此夜晚坐在河边复习最大的挑战，就是冷，整个人都在寒风中瑟瑟发抖。

不过寒冷也有一个可以称得上优点的地方，就是能让人保持清醒。超豪河边的空旷自然为寒风的入侵提供了不少便利，但也能让我在复习时始终保持高度的清醒：复习中遇到困惑时，庆幸自己还可以清晰地思考，不用担心

因为复习过久而头脑混乱。时不时地还可以自由地与室友交流、讨论想法，在冬夜别样的复习环境中碰撞出智慧的火花。

因此，我真心享受她所带给我的这一方宁静、舒心、清醒之地。几份复习材料，一盏台灯，再加一杯热开水和一个热水袋，足够我抵御住由外自内逼来的寒气。四周的夜色使台灯本身的光亮暗淡不少，虽然学习环境不够亮堂，我仍旧无比喜欢这样的学习方式：耳边是呼呼而过的冷风，手上是紧握的热水袋，脚上是满满的"暖宝宝"贴，穿着毛茸茸的睡衣，裹着厚重的军大衣，桌前是冒着热气的白开水，嘴里不停地背诵着中国史、世界史的名词解释。感觉疲劳的时候，还能随性地转个身儿，朝着河的方向，静静地注视着夜晚的河面。深夜的超豪总能让我静下心来去思考近来发生的事情，她也容许我天马行空地幻想。我可以自言自语，也可以沉默不语，将喜怒哀乐都表露在她的面前。好在她即使看穿我的某些小心思，也从不戳穿我，当我忠实的倾听者和守护者，给我最心安的陪伴。我与她之间所发生的这一切是多么难得啊，这一切都是超豪所给予我的复习嘉奖。

静静注视着河面，脑海中的一个念头闪过，我忽然觉得这河就是超豪内心的外化。因为，一样的澄澈空明，都能包容各色的人、各种的事，过滤"杂质"，释放新鲜活力，并孕育出全新的生命。在她的身上，有数不清的经验、知识与品质值得学习与深思。就像是寒风中那些深夜复习的日子，那种坚持，除了骨子里的倔强，更多的是她这一年多对我潜移默化影响的结果。

没有词汇可以形容出此刻我内心的感触，就像我自己都无法解释为何在敲击键盘时常常眼眶泛红，那是一种说不清道不明的情愫。如果非要用一个词来形容，那只能是：感恩。感恩她所赐予我的一切——欢笑与知识、浓浓的室友情、那个冬夜里的两杯热咖啡和温情的叮嘱。

但无论如何，我都是感谢她的，也感谢自己 2017 年 12 月 6 日的那次"偶然发现"，并感恩这个不平凡的冬，让我得以走近她，就像走近自己的内心。

期盼着某一天。我可以在人群中勇敢地唤她一声"超可爱"，然后温柔地拥抱她，就像拥抱着自己的心。

（本文获长三角高校书院联盟"我与书院的故事"征文比赛一等奖）

一包咖啡粉

复旦大学克卿书院　孙冰清

我在网上买了一袋咖啡粉，送到了宿舍的快递中心。

可当我拆开包装才发现，每包咖啡粉的量实在是太大了，一个人根本喝不完。我想着，最起码也要三个人一起分。

但这对我们寝室来说是个大问题。一间寝室六个人，但是至少有三个人同时在寝室的情况屈指可数。

要说为什么呢？

和我同房的 A 君是一个大学霸，就算有晚课，她也会在晚课结束之后继续待在教室里自习，直到完成当天的学习计划。每次等她回寝，我早已在床上进入了梦乡。

B 君是一位养生的好少年，从不打破早睡早起的生活习惯。每天一大早就可以听到她出门的声音，晚上回来基本在十点之前就可以看到灯光从她房间的门缝处熄灭。

而 C 君有张漂亮的小脸蛋，开学不到一个月就在同一个书院找了男朋友。从那之后，她的出行工具就是她男朋友自行车的后座，她的三餐是男朋友送的外卖，而她最常去的地方是和男朋友的二人世界。

D 君其实是个自来熟的人，她几乎能和任何人成为朋友。对她来说幸运的是，她高中的好闺密就住在楼下，两个人继续着高中无话不说的学习生活，让人好生羡慕。

E 君是全院出了名的"活动积极分子"，几乎所有书院举行的活动都会去报个名。从讲座到志愿者，都可以看到她的身影，而在寝室里就必然是相反的情况。

虽然很无奈，但我也无能为力，毕竟大家来自不同的地方，有自己不同的生活方式，强求不得。

或许，周末是个分享咖啡的好时光？

可转念一想，我就否定了自己的这个念头，因为一到周末，我就背上我的小书包健步如飞地回家去了。并不是因为我不喜欢学校，而是我想家了。

冷静分析了一下之后，我把一整包咖啡粉都倒在了我的杯子里。

非常苦，一点也不好喝。

即使没有咖啡，课还是要继续上下去。

上晚课的时候，我不免发呆，向窗外看去。看到飘落的樱花在路灯的照射下呈现出半透明感，真让人好生欣喜。刚想分享这一美景，却一时不知道该和谁分享。

但渐渐地，一种神奇的化学反应在我们寝室发生了。

我看到学霸 A 君在寝室里的次数变多了，我也会向她请教一些难题。

B 君的作息时间渐渐开始延后，晚上一和我们讲起笑话来就忘了时间，然后就可怜巴巴地拜托我第二天叫她起床。

C 君和我们相处的时间也多了起来，时不时跟我们撒撒狗粮。我们嘴上表示嫌弃，但是心里还是为她感到高兴。

D 君开始带她的高中闺密回寝室，一起和我们玩耍、聊八卦。渐渐地我也发现她的闺密是个很有魅力的女孩子。

而 E 君还是这么积极，报名参加各种活动，但是每次活动之前，都会和我们热烈讨论这次活动，希望我们和她一起参加。

好像大家都将对方同化了，又或是同化了对方。

在我十八岁生日那天，我吃完午饭就早早地回到了寝室。并不是不想和父母多待一会儿，而是迫不及待地想和大家分享我成年的喜悦。

一到寝室，推开门，四周蹦出来五个端着蛋糕的室友。

"Surprise!"

我并不觉得惊喜，而是非常暖心。

"谢谢你们的蛋糕！"我说，"我请你们喝咖啡吧！"

两包咖啡，六个人分，刚刚好。

（本文获长三角高校书院联盟"我与书院的故事"征文比赛二等奖）

我站在书院，眺望世界

江苏师范大学敬文书院　齐沁儿

每一个坐标，都是缤纷青春的纪念。以书院为圆心，情怀和视野为半径，我围绕世界，画下一道道精彩的弧线。

——题记

蓦然回首，惊觉震撼

古罗马教父神学代表人物奥古斯·狄尼斯曾说："世界是一本书，而不旅行的人们只读了其中的一页。"对此，我也有自己的补充——我们走得更远，是为了更清醒地认识世界、认识自己。这才是高等教育应有的模样。

书院求学三载，我有太多值得骄傲的东西——漂亮的学分绩点和专业排名、通宵达旦的学生干部经历、一张张浸透无数汗水的奖状证书、精进的科研表现和满满的论文发表经验……但在我记忆中最熠熠生辉的，是世界版图上，我青春的足迹。

三年，六个国家和地区，十五个城市，几万公里行程，无数动人的故事，一片诗和远方。书院，给了我走出舒适区的勇气，为我提供走向更广阔天地的契机，亦教会我最好的人生，永远在路上。

大洋彼岸，在美国与商业创新碰撞

曾狭隘地以为，中文师范生，只需要沉浸在古典诗词与当代名著中，吟咏赏析，就足够了。总觉得，"互联网""金融""成本利润""风险规避"是离我那么遥远的陌生词汇。但当我加入书院 GBL 全球商业领导力项目，切身融入美国一流大学商科院校的课程之中，我发现：所谓害怕，是因为无知；所谓井底之蛙，是你从未接触新的领域；所谓故步自封，是源于与外在世界的深深隔阂。

大一寒假，走进斯坦福大学、伯克利大学，从创新思维培养到商业模式

分析，从消费心理探寻到经济政策解读，关于商业的一切梦想，这里都有。教授不再仅仅是象牙塔中学院派的专家学者，他们也是纽约商场巨头和华尔街金融大鳄。我们汲取的，不仅是理论层面的知识，更是一种思想、一种在实际情境中可以运用的新颖思路。因特尔公司的决赛是项目中的高潮。

各团队在展示会中交汇头脑风暴，那是我第一次发现，人的潜能可以被激发到何种巨大的程度，也是我第一次决心在专业之外，要广泛地思考与涉猎。

从西海岸到东部，旧金山、波士顿、纽约——世界经济中心给我以震撼，一流名校启迪我的思路，给我上了波澜壮阔的一课。出发得早，让我接下来的求学之路，遇见更美的风景。

南洋之光，在新加坡与多元文化交融

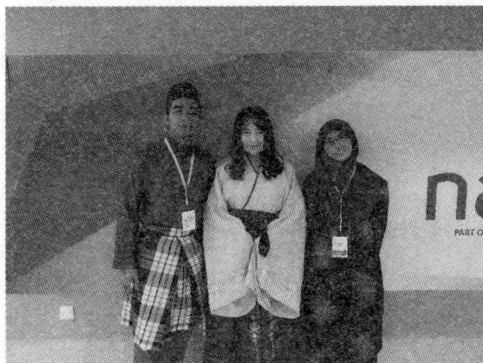

应新加坡国立大学邀请，敬文书院十一名同学前往新加坡参加亚洲青年领袖游学营（AYLTLC 2018）。该活动由新加坡国立大学举办，参加活动的师生来自中国、菲律宾、日本、韩国、马来西亚、泰国等二十多个亚洲国家和地区，共计两百多人。在为期五天的游学活动中，我们被随机分在不同的队伍中，与不同国家或地区的师生进行交流沟通，与世界各国学子分享青年责任与担当等不同议题。

新加坡，闪耀的狮城，恰似一颗熠熠生辉的明珠，活力、耀眼、多元、迷人。初相见，便深迷其中。倾心于其醉人外表，浅白沙滩、蔚蓝天空、翠绿植被，环境清新整洁；沉迷于其丰富内在，文化多元、务真求实、秩序井然。人们的高素质，令我赞叹不已。我十分珍惜此次求学机遇，逢四海之志同道合者，用真情点燃激情，助力青春梦想。

东南亚明珠，在泰缅奉献公益之爱

凭海临风，因爱绽放。七月，我走进泰国曼谷，面对贫瘠的教育资源，我将教育创新变成一种常态，在英文童谣中感受语言的用法，在编织中国结中和孩子们一起欣赏美丽的中国红，共同畅想精彩未来。

跨山越海，让爱蔓延。八月，受台湾师范大学教授团队邀请，我来到缅甸，开设华校教师与校领导人培训营。八小时长途飞行。六小时山路颠簸。十二天从缅北腊戍辗转缅中腹地。平均每天九小时教学任务。独自承担班级管理、初中语文、活动策划、信息技术四门课程教学。学生平均年龄大我两岁。三十二位校领导班学员听我上课。与十一位台湾老师集体备课……

要么，我不做，要做，我就做到最好。我行走在广阔的土地上，挥洒教育之热忱。

再出发，点燃青春

沿着旧地图，发现不了新大陆。拥有一份有爱、有趣又有价值的事业一直是我的梦想。无论地理坐标位于何处，每一次的远行都是一次全新的探索，用不一样的眼光发现世界，用不一样的思路探寻自己。

云会记得我们留下的足迹，很幸运，我在最美的年华遇见了敬文，遇见了书院，遇见了世界。

走得更远，是为了把根扎得更深。书院全球视野培养理念一直是我远行在外坚强的后盾。愿书院不老，薪火相传；愿学子不息，鸿渐之翼。且行且思考，我们在路上！

（本文获长三角高校书院联盟"我与书院的故事"征文比赛二等奖）

如 孟

华东师范大学孟宪承书院 陈 曦

有一种情分，在不知不觉中发生。大概，这种情分缘起于初见，又忠于陪伴。

——致孟宪承书院

"书院制是实现通识教育、素质教育和专才教育相结合，力图达到均衡教育目标的一种学生教育管理制度。"这是百度百科对书院制的解释，略显呆板与枯燥。但我在孟宪承书院这近一年的静心学习中，心中渐渐形成了一个关于书院的自我体悟，也渐渐地感知到：

她是一位母亲，一位我在上海的母亲。她给予我们关怀、培养和希望。

关 怀

笔记本翻到扉页，是关于 2017 年 9 月 14 日吴薇院长（孟宪承书院院长）在书院新生第一课上的讲座笔记。

时至今日，我仍清晰地记得，吴院长当天是拖着一只包扎着纱布的脚在讲台上为书院新生讲课的。刚站上台的第一句话，就是提醒大家走路的时候一定要当心脚下。还不忘拿自己揶揄，笑着说道，昨日开学典礼结束后，她贪图方便走了林中小道，不料有一块石砖松了，便崴了脚。"不过这样也好，后勤部已经派人全校检查维修林中的石路了，你们就不会再崴到脚了。"吴院长慈祥地望向我们，这样说道。那么小小个子的她站在台上，却迸发出了一股巨大的力量，着实震撼了初来乍到的我。

吴院长还特地提到，是她主动申请来为我们上这"第一课"的。她强调："刚开学这个阶段，太重要了。我不想你们以后为这大学四年后悔，今天一定得告诉你们一点什么。"之后便提出了六点她对我们的建议与期望，囊括了学习、生活、人格养成的各大方面。

"大学是梦开始的地方，我们将与大家一起，秉承孟宪承老先生智慧的创获、品行的陶融、民族与社会的发展这一大学的理想和求实创造为人师表的师大校训，将孟院精神，薪火相传！"这是笔记本上的收尾句，也是吴院长的结束语，被我用红色签字笔大大勾勒。

从当心脚下不要崴脚，到智慧的创获、品行的陶融、民族与社会的发展的校训。我很庆幸在大学伊始，能够听到这样殷切的关怀与期望，让我更有动力与力量去开始大学生活里新的征程。

培 养

我的书桌上有一张红桃 A，普普通通，还被揉得有些皱了，我却一直不舍得扔。这是不久前我参加华东师范大学孟宪承书院学生骨干领导力特训营留下的。

其中有一个活动是主管团队带领我们进行的团培：认识更优秀的自己。在这个活动中，我们做了一个游戏，这让我至今难以忘怀。

你一定也猜到了，这是一个关于扑克牌的游戏。游戏名称叫"21 点"，具体规则是大家围坐成一个圆圈，工作人员随机给在场所有人分发一张扑克牌，此时大家还不能看自己手中的牌，当主持人说起立时，大家需要立刻站起来，看清自己的牌后和周围的同学（不论个数）通过加减乘除将扑克牌的点数凑成二十一点，凑成功后，即刻坐下。最终的目标是全场所有人都要坐下。而所需时间越短越好。

我们一共玩了三次，第一次的耗时是一分三十二秒，第二次的耗时是二十三秒，最后一次的耗时是五秒，当计时的同学在黑板上写下最后这个数字的时间，大家都被惊到。

还有孟院每个春季伊始开展的英语口语正音小课堂，由外语学院的学姐学兄组成语音助教团队，为英语口语还存在一些问题的同学提供课后的单独辅导。参加正音课半学期下来，我的进步真的不止一点点呢，更为重要的是掌握到一种学习能力。

孟院开展的活动还有许多，种类繁多的同时还兼具品质保障。她几乎为每一位书院学子都提供了机会，只要你愿意去把握。她创造了一个良好的课外生活环境，让不同学院不同专业不同年纪的学生们在一起学习、交流、对话、竞争、合作、娱乐……看到这样一个说法：书院是组织学生活动、实现

"全人"教育的主要平台。她的确如此。为了培育大学生们的良好品德、高尚品味、奉献精神、强健体魄，她用心良苦。

希望

一次，在孟院讲堂上，老师突然问我们："当你们毕业的时候，你们想给家乡带回些什么，当然，不是指上海特产。"发笑之余，我突然意识到自己毫无价值。之前想着，毕业之后肯定是要回家乡，成为一名很棒的老师。可是"想要当老师，给别人一杯水，自己得先有一桶水呀"。在经过近一年的大学学习后，我竟然还是浑浑噩噩。当时便下定决心要思考清楚，多一些自我承担，多一点社会关怀。

孟院给我的感觉不是灌输，更多的是一种潜移默化。在这种大环境下，当我在拥有这般的关怀、接受这般的培养后，路上便有了前进的希望，这种希望引领我向前。

毛主席曾说："世界是你们的，也是我们的，但是归根结底是你们的。你们青年人朝气蓬勃，正在兴旺时期，好像早晨八九点钟的太阳。"

在孟院母亲的宠爱里成长的孩子们应该少有悲伤和不良情绪，我们更应该尽量将自己得到的爱与关怀分享出来，散播开来，让她演变成我们前行的希望。在希望的路上，我们听到琅琅的书声、曼妙的歌声；看到热情的笑容、坚定的神情；感受到青年人的热情、青春澎湃的热血，并开始学会积极主动承担社会责任，求实创造为人师表……

（本文获长三角高校书院联盟"我与书院的故事"征文比赛三等奖）

我和"小仲"的倾城时光

绍兴文理学院仲申书院　张晓琪

"镜湖水如月，耶溪女如雪"，这是李白眼里的绍兴；"雨细穿梅坞，风和上柳桥"，这是陆游眼里的绍兴；"山阴道上行，如在镜中游"，这是王羲之眼里的绍兴。白墙灰瓦，乌篷竹篙，小桥流水。这里，是绍兴水乡，也是我与小仲第一次相遇的地方。

从家到绍兴驾车行驶要经过长深高速、杭州绕城高速和杭衢高速绍兴连接线，下了杭衢高速绍兴连接线再到绍兴文理学院南山校区的大门口要半个小时左右。打开车门，扑面而来的是水乡风情和悠悠古韵。穿过教学楼，走上级级台阶，在这里，我第一次见到"小仲"。

它身着绿色的汉服，头顶粽子状的发型，面露微笑，张开双臂，拥抱了我。我和"小仲"的倾城时光便从这里开启。

仲申书院是商学院学生的大本营，我所读的工商管理专业是没有早自习的，所以早上没课的时候不必早起。我可以躺在寝室的床上，听着窗外树叶和鸟儿们在风中共奏的一曲曲交响乐；闻着空气中一缕缕若有所无的花香味，隐约还夹杂了一丝肉包子的香气；看着晨光透过阳台的门窗一点一点地洒进来，直至占据了我的床铺。听到门外的走廊上，一阵窸窸窣窣、匆匆忙忙的脚步声，大概是隔壁的朋友们又要去赶早自习了。我庆幸于我能拥有这样一个慢节奏的清晨，这仿佛是要涤净我高中三年所留一身的疲惫。

不必早起，也不可赖床——这是我的生活原则。不然，你将错过许多美好的遇见。比如寝室楼下每天早上准时开门的宿管阿姨，她布满皱纹的脸上溢出的笑容是我一整天好心情的来源；比如小路边草丛堆里嬉闹玩耍的小狗，看到有人经过总会摇头晃脑地奔到你跟前凑近闻闻，虎头虎脑的可爱模样逗得我们开怀大笑；比如食堂里热气腾腾的甜豆浆和香菇烧卖，甜甜的，糯糯的，丝丝幸福感油然而生：这是生活给予努力者的独特赏赐。

　　有时候，生活也会很忙碌。书院里学生会的工作、学校里青年志愿者协会的工作，一下子，全部涌来，我常常忙得晕头转向，不知所措。专业课的学习也很艰难，全新的课程，陌生的专业词汇，还有茫然的我。常常会有忙了一整天却无丝毫满足感和成就感的时候，一静下来就会感到难堪的郁闷。

　　在我的内心深处，一直存在着一个大胆的想法，它在努力发芽冲破土壤，它在放声呐喊试图唤醒沉睡的我。"生存还是毁灭，这是一个问题。"这是著名的剧作家莎士比亚在《哈姆雷特》里写到的。我一个思想还比较肤浅的大学生，虽不至于思考如此深刻的命题，但连转专业的选择都要徘徊不定、犹豫不决。

　　还是往常的一天，我上完课，回到寝室。走上台阶，我看到了仲申书院办公室旁立着的"小仲"，依旧是面露微笑，张开双臂，呈拥抱状对着我。一瞬间，从我心底迸发出一股难以言说的情绪，就是这股异样的情绪指引着我走进了书院办公室。再出来时，已是漫天星海，点点洒落，映在我的眼底，一闪一闪地，像是被人倒进了一整条银河。"其实，选择一点儿都不难，只要你闭上眼睛用心听，选出你觉得心里最动听的声音就可以了。"往常的一天因为这句话而变得不同。

　　这份不同给了我一个不一样的早晨。

　　我在阳台上站了一会儿，闭上眼睛，认真地去听心里最动听的声音。再睁开眼时，太阳已经透过云层，照着我的脸庞。其他背景都变得模糊起来，不知道是什么在膨胀，最后"啪"的一声破开，随之而来的是酸酸甜甜的金粉洒下来，落在心头上。我想我已经听到了。

　　这之后，我再没有躺在床上享受过慢节奏的早晨。我早出晚归，争分夺秒，寝室、食堂、自习室三点一线地来回奔波。而当我收到转专业录取名单的时候，回想起那夜的星海，回想起那早的晨曦。心底的那份宁静只有自己知道。

　　直到今天，在我如愿转入人文学院学习之后，我才恍然大悟。那份难堪的郁闷和百无聊赖的空虚究竟为何。原来，是少了那份心底对书墨香的追求。

　　我依旧住在仲申书院，早出晚归，还是能看到"小仲"立在那儿，面露微笑，张开双臂，呈拥抱状对着我。但是下个学期，我就要搬到文澜书院去了。听到这个消息后，再见"小仲"，心底不免多出些许不舍和伤感。但有得必有舍，我相信"小仲"也会懂！

　　你好，"小仲"。

　　再见，"小仲"。

（本文获长三角高校书院联盟"我与书院的故事"征文比赛三等奖）

泽　缘

南京审计大学泽园书院　林晓瑄

"同学，你好，请问泽园书院往哪边走？"

"直走到前面那个路牌后右转，你是新生吧，欢迎哦！"

"嗯，谢谢学姐！"

记忆中，这是我与南审（南京审计大学）的第一次对话，伴着温热的微风和学姐亲切的问候。暑气渐渐散于脑后，就这样，我抓着八月的尾巴踏入了南审的校园，走进了泽园书院的大家庭。

大学校园里，除了会学习，更多的是要学会生活，而宿舍生活就是最真实的体现。刚走进大学时，我会怀疑自己能否习惯独立自足的生活，会担心要如何打破寝室内尴尬陌生的气氛。值得庆幸的是，一切都比想象中自然、顺利。

因为我遇见了一群可爱的人。我们来自不同的城市，我们性格迥异。偏偏那妙不可言的缘分，冥冥之中又将我们牵扯在一起。记忆中，打破我们之间忐忑与尴尬的，是军训那段时光。我们一起抱怨训练的艰苦，一起在某个夜晚祈祷暴雨的降临，一起在熄灯后卧铺交谈、打趣玩闹。我们就这样在不知不觉中融入了彼此的世界，融进了 502 号寝室这个小家庭。

正式开学之际，辅导员老师因为关心同学们的相处情况，和每个小寝室进行了约谈。老师来我们宿舍时，不仅对我们融洽愉快的氛围感到惊喜，也对我们宿舍的生活环境连连称赞。我们从军训开始就保持了良好的习惯，无论是宿舍公用物品的摆放，还是公共区域的卫生分工，都是由大家共同商议协调的。辅导员老师在对我们的兴趣特长做了了解后，又给我们介绍了许多书院的特色活动，并鼓励我们积极参与。于是，接下来的一学期里，我们参加了各色各类的活动和比赛，在辅导员和班级导师的帮助下，也取得了一些成就。

经过一段时间的相处，我们在无形之中变得更加熟悉，也有了许多相同的爱好。我们吃同一道美食，点餐时常常默契地叫出同一个菜名；我们看同一部剧，偶尔会因为某个精彩的镜头而连声尖叫；我们玩同一款游戏，默契的配合让我们屡尝胜利的果实；我们唱同一首歌，第一次登上陌生的舞台表演，是因为有彼此的陪伴和鼓励。

在学习上，我们是同学，也是彼此的老师。平时，我们会聚在一起讨论作业中令人费解的难题，观点不一、各执己见是常有的情况，但这并不影响最终的结果。我们也会相约图书馆、自习室，一起备战期末考试，分享各自的复习资料，对照课本上整理的笔记。擅长不同学科的我们会分享自己的经验方法，帮助学科基础薄弱的人共同进步。没有课的时候，我们会结伴去听书院组织的各类讲座，我们会就专业学术类讲座上得到的启发，展开一番探讨。偶尔也会因学业需求，去参加大学生创业指导、经验分享的讲座。当然，制作美食和手工艺品的微课，我们通常也不会错过。良好宿舍风气的形成，是我们共同努力和维持的结果。

学习生活之余，我们喜爱去不同的地方创造回忆，捕捉生活中一个又一个美好的瞬间。深秋的午后，我们一起漫步于学校的梧桐大道，偶尔驻足，将柔和的阳光、斑驳的树影、浅浅的笑容定格在一张张照片中。2017年的第一场大雪，晨起的我们看到窗外的皑皑白雪，顾不得湿漉漉的鞋子、冻得通红的双手，在宿舍楼下堆起了寒冬里的第一个雪人。清明未至，我们在鸡鸣寺的人潮人海中走走停停，一路早樱盛开，粉白色的树下有我们青春烂漫的痕迹。

很幸运能与这样一群人，在泽园书院这个温馨的家园里相遇，这场相遇既是我和室友之间的缘分，也是我与南审、与泽园书院的缘分。生活中的摩擦与眼泪，终会在彼此磨合之间被和谐与欢笑替代。身边的一切，都将成为我青春记忆里最深刻的羁绊。

都说，五百年的回眸才换得一次擦肩而过。千千万万的个体，唯独我们相聚在了一起，这是缘分使然。

（本文获长三角高校书院联盟"我与书院的故事"征文比赛三等奖）

乍见欢喜，久处依恋

——记我和书院的故事

绍兴文理学院阳明书院　梁诗华

如何精简地表达出我对书院的感觉呢？我想，"乍见欢喜，久处依恋"最是合适。

初见时，书院以其雅致颇得我心。久处后，我更是颇为依恋。所言绝非夸张，且听我细细道来，或许就能明白我为何对书院情深至此。

时光悄悄溜走，两年的雕琢使我少了一些青涩，多了几分成熟。

曾经，我是一个普通到不能再普通的女孩，没什么特长，而且胆小。最怕站在台上，如果被超过十双眼睛注视着，我就会紧张到说不出话。这样的我，与侃侃而谈根本扯不上关系。

和许多人一样，我想改变自己，所以我积极地参加各种活动。如今，我已经能够自信地站在台上，发表自己的观点。不可否认，这是我一直努力得到的馈赠。

人的成长就像走楼梯，不能落下任何一步，总以踏实而又肉眼可见的速度进行着。

两年的书院生活中，我认识了许多人。他们有的极其活泼，有的又甚是文静，各有特点却又不失可爱。我始终觉得人与人的相遇很美，所以我感激书院，感激相遇。

有些人，初次相识，便如故人，而朝夕相处后，更是情投意合。何其幸运，我遇到了这样的人，三个可爱的室友。

寝室这个家虽小，却舒适而温暖，永远整洁美观。

在这里，身体不舒服的人可以享有超高待遇，打水泡药，均不用自己动手，其余的健康人士会自行承担。没有约定过的约定，整个过程一气呵成，没有丝毫怪异。

我们都备有基本的感冒药和肠胃药，一旦其中有人出现类似症状，就会争先恐后地拿出自己的药。最好笑的一次，两个人的药一样，后来只好根据保质期来决定先牺牲掉哪一盒。

与她们相处的日日夜夜中，有欢笑，有泪水，但更多的，是感动。

某次我很想吃年糕，被她们阻止了，"别吃了，这不容易消化，还嫌肚子不够疼？今天只能吃面！"于是我乖乖地吃了面。那天我吃着面，差点哭出来。

我是那种小太阳，把快乐分享给别人，而选择把悲伤埋藏起来。大学第一次心情低谷时，她们问我是不是有什么事瞒着她们。听了我的经历，她们安慰了我很久，并且说："难过的事一定要说出来，憋在心里会憋坏的。"那时我感到一股春风吹过我的心田。

从那之后，我们不仅仅分享快乐，更会分担悲伤与烦恼。碰到棘手的事，我们会一起想办法解决。

当我犹豫不决，向她们询问我该不该去做一件事时，得到了这样的回答："你做，也许现在会后悔。但你不做，你会后悔一辈子。"

确实如此，人的一生中会有成千上万次机会，但这个机会独一无二，不抓住，就意味着永远失去。很感谢她们，因为更早明白这个道理，我才没有错过太多，才没有留下很多遗憾。

同学夸我们寝室的氛围极好，大抵是因为我们常常一起行动，譬如朗读。说来也奇了，朗读是个较为冷门的兴趣，可我们偏偏都有。她们的存在，丰富了我的青春时光。

平日里，我们会剖析诗文的情感，探讨如何处理更为合适，朗读后再互相指出不足之处。这已经成了习惯，乃至于闲暇我们翻看书籍也会情不自禁读出来。

王小波说，一个人只拥有此生此世是不够的，他还应该拥有诗意的世界。我们喜欢诗歌，喜欢朗诵，喜欢畅游在共同的诗意世界。

你如今的气质里，藏着走过的路，读过的书，以及遇见的人。我们有许多相似之处，却又会为了某个观点争到面红耳赤，但在这样思想的激烈碰撞中，我看见了火花，看见了自由，看见了个性。

我们支持彼此的梦想，尊重彼此的选择。小到今天做了什么，大到想为教育事业做何贡献，我们无话不谈。

得此家人，我又有何求？只求时间过得慢些，日子能长些，因为实在不

忍分离。

还有许多列举不完的事例，都是我这两年在书院生活中得到的，并且是受益一生的。

这一路上不断出现荆棘。但成长不就是这样跌跌撞撞的吗？只要书院这个家在，我就无所畏惧。往前冲，勇敢地做自己热爱的事，成为自己想成为的人。

能与书院相遇真的是太好了，虽然可能夸张了点，但能与你们相遇真的是太好了。

照片会丢，记忆丢不掉。时间会溜走，这份情会长存。

（本文获长三角高校书院联盟"我与书院的故事"征文比赛三等奖）

澳门之旅　书院之行

华东师范大学孟宪承书院　黄秋明

　　从上海到澳门，从孟宪承书院到张昆仑书院，两座城的距离虽远，但书院间的友谊将彼此拉近，开启新的一段书院合作旅程，我们作为书院的"信使"去传达两家书院的信息，以期共同成长，稳步前行。在这段旅途中，我收获颇丰，为期一周的访问，我们用心与行动去贴近澳门大学，走进张昆仑书院，在澳门这座文化城市穿梭，去感知一座城市的历史与现在。

书院生活：温暖、丰富

　　初到澳门，我感到十分温暖，这不仅是气候所带来的体感温度，更是张昆仑书院的盛情所携来的暖意。本次互访很是特别，是两家书院的首次合作，还有复旦志德书院的小伙伴也同聚于澳大。我们吃住都在张昆仑书院，可以直接体验到张昆仑书院的管理理念和运行模式，从切身体会中所产生的认识是真实且深刻的。在项目开展的整个过程中，我真切地接触了澳门大学的人和事，看到了张昆仑书院的特点，与自己生活的华师大及孟院进行对照，发现了相互间的共同点，也看到了各自的亮点。

　　澳大之行，别样风格的大学环境；张昆仑书院之访，新奇的书院体验。两所大学，两家书院，互有共通，各有特色。每天的参访行程中，最重要的一项便是对澳大的各大院系进行参观，加强对澳大学科建设的认识。澳大校区新建不久，硬件设施十分完备，为学生的发展提供了强大支持。澳大大部分课程都以英文进行授课，学生的思维方式偏向西式。在澳大，多数同学是澳门本地人，少部分为内地的同学。在与澳大的同学接触的过程中，我也看到了西式思维方式对于他们的影响。可能是因为校园面积太大，很少见学生在校园里成群结队地聊天活动，不过，倒是能在运动场上看到他们活跃的身影，澳大的学生对于运动的热爱是显而易见的。通过学校氛围、就餐礼仪及节日庆典等方面可以看到西方思维方式及日常生活习惯对澳大的影响。澳大

的书院制已覆盖全校本科生，而华师大正在全面推广书院制，澳大的许多机制可以成为我们的借鉴。

张昆仑书院与孟院的整体组织架构十分相似，导师引导院生开展活动，重视学生自主发展。丰富的第二课堂生活，让书院有家一般的爱与温暖；不同专业的学生于书院汇聚，使书院成为学生博采众长的平台；师生间的融洽互动，让院生对书院有家的归属感。稍有不同的是，在张昆仑书院，独立的书院空间可以让院生同吃住，增加彼此之间的接触和交流；与孟院的固定专业和班级同在书院有所不同，张昆仑书院的院生是随机抽取分配构成的，专业跨度更大；在澳大，无行政班级的学生们对书院的认同感更强，书院院生是他们唯一的身份认同，而华师大的学生具有双重身份，书院与专业院系共同助力学生的培养成长。张昆仑书院是澳大的新书院，在澳大书院制的总体引导下，也在寻找具有自身特色的发展方式。孟院是华师大的首家书院，在稳步成长的同时，也希望找到更新鲜的发展方式，找寻突破点以助力书院攀登更高的发展高度。因此，两家书院的互访交流很有意义。

文化参访：深厚、多元

在项目安排中，对于澳门城市文化的探访也是重要的一部分。在张昆仑书院同学的带领下，我们参访了澳门富有特色的企业、引人注目的旅游景点及独树一帜的文化场馆等，通过一些新的视角去了解澳门，看到与自己想象中不一样的澳门，更不同于以"游客"身份所能看见的澳门形象。澳门以自身的特色发展着，博彩业为重要的经济支柱，澳门政府近年正致力于经济发展多元化，改变经济依赖博彩业的状况。具备地方特色的建筑构造，小巷里穿行的车辆礼貌避让行人，教堂林立，人们的生活节奏很慢……这些都是我眼中的澳门。在澳门，还能听到多种语言的穿插融合，能听到别样味道的普通话和粤语、独特风格的葡语和英语，街道标志性的标牌上也有多种文字的提示，每种语言都代表着一种文化特点，所以说，澳门是一座多种文化交汇且自身特点突出的城市。

澳门对外开放的历史悠久，文化中必然渗入了西式的元素，并对澳门人产生了潜移默化的影响。在澳门，我们随处可见教堂，还有至今仍存的教会学校，这些都是西方留给澳门的印记。澳门文化比内地多了西方的元素，但传统的中华文化仍指导着澳门人的言行，香火鼎盛的妈祖庙表达着对海神的敬重，矗立着的孔子像是对儒家文化的尊重与敬仰……这都是中华儿女共同的文化之根。在参访的过程中，我们了解到澳门正在加大对外发展的速度，成为中国对外交流的一个重要窗口，澳门对外开放的历史、语言的便利及思维方式的相近，为中西方交流提供了积极因素。

团队融合：关爱、互信

一个团队出行，是对团队中每个人的考验。在为期一周的参访活动中，我收获了真挚的团队感情，也从团队成员身上学会了一些东西。在团队中，每个人都要扮演一定的角色，承担相应的责任，澳大师生热情接待并带领活动，我们随行的两位指导老师也尽心尽责，团队中的成员都积极地承担任务，相互间的配合使得项目活动顺利开展。团队成员多为我的学兄学姐，从他们身上，我看到了榜样的力量，他们用言行引导着我前行。一起参与活动是认识彼此的最好时机，团队中的人性格各异，在活动开展时，成员间需要相互磨合，互相扶持，一份又一份真挚的友情就会诞生。在开心的旅程中，我结识了书院朋友，增长了见识，开阔了视野，更收获了成长，这是项目于我最大的意义。

每天的满满行程里，倾注了张昆仑书院老师和同学的心意，我们的成长里注入了他们的用心，在此，我要表达对张昆仑书院全体师生的感恩，感谢他们的支持与帮助。经过这一次的互访，两家书院间的友谊更加深厚。我相信，在未来的日子里，两家书院会相互促进，共同进步。七天，了解澳门这座城，认识澳大，走进张昆仑书院，认识一群有趣的人，真的很幸运！期待不久澳大师生们到上海进行下半段互访交流，让我们继续携手探索、成长！

（本文获长三角高校书院联盟"我与书院的故事"征文比赛优秀奖）

杏花楼未盈

——记学区生活的点滴温暖

温州大学超豪学区　傅春露

　　姑娘喜欢杏花楼的月饼，堆了不少杏花楼铁盒，铁盒微微生锈。上了锁的抽屉里，六棱铁盒还在沉睡，盒盖上画着怀抱玉兔的嫦娥，二十世纪八十年代的风格，泛旧的盒身落下斑驳的锈末。

　　铁盒这日做了个很长的梦，它卧在温泉口，一波波暖流拍打在它身上，它抖抖身子，舒服地打了个激灵，突然就清醒了。铁盒感觉到自己身上的锈末被抹去了，它抬头逢上姑娘在灯下发光的清淡眉眼，看着她掀开了盒盖。

　　一张车票恰紧贴于盒盖内，姑娘轻扯下来，眉头微蹙，她看起来是在回忆。铁盒的记忆很好，那是 2016 年 9 月 11 日的雨天，姑娘和家人提着行李，铁盒在姑娘的颠簸下轻晃。明明暗暗的光影里，姑娘觉得自己的身体比魂魄还轻，高铁一路往南开，她看到窗外一座座山、一亩亩田飞快地后退，消失在她的视野里。盒子迷糊地睡了，姑娘还清醒着，垂着眼不知在想什么。

　　盒子醒来时，已经下午了。瓯海的九月，还残留着秋老虎的燥热，飘摇的风雨未散退潮热。姑娘穿着天蓝的衬衣，一手拉着行李箱，一手撑着伞走向学区。妈妈转过身悄悄地讲：喏，学区围栏旁有只白猫呢。等姑娘好奇地扭过头去看时，妈妈却停住了步子，"超豪学区"四个字就这么跃入眼里，她的心蓦然欢喜起来。这，是初见。

　　姑娘轻抚着褶皱的车票，余光恰瞟见盒侧漏出的相片一角，习惯性地眯起眼。盒子知道，当姑娘做这个动作时，她正在努力回想什么。记得姑娘那时入学不久，及肩的短马尾不时扎到脖子，走路时眼神乱窜，松绿的裙角卷散开来。学区的小道旁常搭着棚子宣传活动，姑娘走到半路，就被一袭靛蓝裙的圆脸学姐拉到了棚下，填了些什么，忘得差不多了，却还记得放下笔时，抬眼正看到棚后坐着只熊本熊，胖嘟嘟的脸上两抹腮红，应该是做活动宣传的，正奋拉着脑袋休息。圆脸学姐见了，拿起拍立得相机走过来，笑着说要给她和熊本熊拍张照。

姑娘抽出相片，凑近了些端详，松了松眉头。她记得那天日头很好，熊本熊歪头用憨胖的爪子抱住她，她迎着阳光侧过头看向它，学姐按下了快门。他们的身后是学区那棵苍翠的大榕树，镜头里她的嘴角翘得很高。

姑娘转过身看向阳台，今天也是那样的晴天，不过快落日了，草坪上有学生收被子，太阳暖洋洋的，房子暖洋洋的，什么都是暖洋洋的，学区的一切都在天底下打着盹儿，轻轻地一呼一吸。

一张相片从铁盒滑落，姑娘俯身拾起它，心疼般地捧在手心，盒子看到姑娘蓦然笑了下。那相片是已入学多日的姑娘在清晨的四楼阳台拍的，是学区漫天遍地的一场初雪。岁暮天寒，小雪在冬风里四处飘荡，粒粒散开，如剔透的梨花零零落落，弥漫了整片天空，浸透一番冬日。北风呼呼作响，食堂的道口，老树枝丫上的麻雀飞散，天灰灰的，却不阴沉。那时的姑娘穿着灰兔子睡衣，还没来得及套上毛衣，就忙拍下了初冬的这一片雪。真是经年难忘啊，学区的天还没全亮，对楼亮着星星点点的灯，一切都在安睡，天大地大，只剩雪落下的簌簌声，好像一眼就能望到老。

姑娘翻出一张泛黄的稿纸，满眼的笑意愈浓，盒子抬眼看到纸上记满了密密麻麻的台词。是大一下学期吧，在学区的活动室，班级排练《茶馆》剧本，姑娘演的人物台词多，盒子见证了她深夜一遍遍的练习，它听到姑娘记台词的沙沙声，看到姑娘摆出剧中人的神情，纸上的标记参差错落，愈来愈多，姑娘的言行举止亦愈来愈娴熟。在活动室表演时，姑娘绾起头发，穿着不合身的绸衣，想象着那些深夜里的排练，没来由地酸了鼻子，径直走向讲台。

盒子不大，零碎的东西却多。盒底躺着一张友人寄来的明信片，只一句话："陆止于此，海始于斯。"姑娘是从一个海边，奔赴另一个海边的，沿着学区向东行，土地浸在水里，大海从这里延开，便也算归乡吧。盒子的角落里有一个翠绿的钥匙扣，是开学初学区发的，姑娘一直没舍得用。还有那张简笔画，是姑娘画的。前夜姑娘在阳台洗衣，恰望见大罗山头的月亮又大又圆，相机拍不出来，姑娘草草勾勒了几笔，指尖还沾着水，画得竟莫名相像……

姑娘喜欢收集，那些落在罅隙里的学区时光，被姑娘藏在了这个小小的

杏花楼铁盒里。人总会在某个瞬间，任零零碎碎的记忆忽然涌上来。姑娘很普通，没什么了不起的事迹，那些点滴的琐事，只被姑娘一人宝贝，盒子却很满足。

天已经黑了，姑娘盖上了盒子，盒子伸了个懒腰，为拥有零散的温暖而知足。学区的小广场上有人在放歌，是十几年前的老情歌，在悠转的小调里，它慢慢入睡了，怀着风雨兼程的初见，怀着学姐的言笑晏晏，还有熊本熊鼓鼓的脸颊，怀着漫天遍地的初雪，怀着深夜的练习，怀着每一刻的温暖，它要做个好梦。

六棱的杏花楼铁盒又被放回了抽屉，它藏满了姑娘的回忆，已经鼓鼓当当的了。但盒子知道，姑娘还会再打开它，往里面放一大堆琐碎物，那是她的宝贝。盒子看着姑娘在学区生活，看过姑娘偷偷抹眼泪，看过姑娘欢快地哼着小调，学区的生活不急不缓，盒子等着姑娘慢慢长大。

杏花楼未盈，它会越发鼓鼓当当，学区的生活还在继续。

深夜，盒子梦到了姑娘初至学区时的天蓝色衬衣。它迷糊地想，再过些日子，就快夏天了吧，这里又会传来蛙声和蝉声。

今晚的月光一定很亮吧。

（本文获长三角高校书院联盟"我与书院的故事"征文比赛优秀奖）

青藤时光

绍兴文理学院青藤书院　黎丹丽

　　江南的春天多雨，淅淅沥沥的雨丝常常劝停了人们出行的脚步，既然出门不便，待在寝室里读书也是一个不错的选择。前阵子上酒坊打的黄酒还没喝完，于是取出酒具温一壶黄酒，就着料峭的春寒和屋外沙沙的雨声度过阅读的安宁时光。

　　被雨水困在寝室里的同时似乎也被隔开了与外面精彩世界的联系，然而纵然只是身处青藤书院里的一方小天地，我也能感受到四季的美与诗意。

　　依稀记得来报道的那天，是一个秋高气爽的日子，吹着温柔的晚风，跟着学姐拉着行李箱推开寝室楼下的大门，望见宿管阿姨热情的笑脸，从此开启了一段全新的书院生活。当天晚上，我躺在寝室的床上，还未来得及收拾好跨越一千多公里的情绪，意外地听见了屋外的虫鸣声。因着这古老的声音，我的心一下子就宁静了下来——在这异乡的夜里，在小小虫子的鸣叫声中，我寻回了儿时关于田野的那些梦。

　　书院里种植有桂树，丹桂飘香的九月，白天，人在寝室里，居然也能闻到空气中浮动的暗香，于是惊喜地分享给另外两个室友。在隐约的桂花香里，我们感受到了秋天入室而来的造访。

　　班上人数不多，女生们的寝室被书院体贴地分配在了同一层楼，大大方便了彼此间的串门来往。刚开学的时候，大伙儿聚在一个寝室玩几场狼人杀，在欢声笑语中，迅速拉近了初相识的距离。随着来自天南海北的我们对求学新生活的慢慢适应，寝室与寝室之间也培养了平淡而不失温馨的情感。

　　关于零食的分享是女生寝室间最常见的往来，随着各种小食一同交换的，除了味蕾的满足，还有相视对笑的好心情。冬天，倘若在连绵雨水天气后遇上阳光正好的日子，我们也会在屋外的走廊铺上垫子，相约着坐在垫子上，或谈天或看书，晒晒发潮的衣服，也晒晒快要发霉的自己。

　　绍兴的冬天比我往年在广东老家时要冷上许多，还没进入十二月就已经穿上了寝室衣柜里最厚的大衣的我只能一边物色新的保暖羽绒服，一边安慰自己寒冷使人更加坚强。在外漂泊多年的周作人在他的散文中写及故乡绍兴的雨时，语多眷恋，我想这大概是因了思乡的缘故，毕竟对习惯了广东温暖天气的我而言，这冬日的雨除了刺骨的寒，实难寻出其他魅力。寝室楼下的树在冬季也换了装，绿叶褪去生命的活力，枯成了一幅幅的水墨画。都言江南多情，其实江南也有肃杀的一面，也许正是因为融入了冬的苦寒，才养成了越地人性格里的刚柔并济吧。

寒假的时候我归家较早，没能赶上年底的大雪，看着班群里同学发的小视频里覆盖着皑皑白雪的寝室楼，我想着此时的仓桥直街一定很美。有句话说"一下雪北京就回到了北平"，而绍兴又何尝不是在大雪过后回到了古会稽呢。

当北方的冰雪开始消融，我们也坐上了回校的列车，三月初的江南尚未回暖，只是比起灰蒙蒙的寒冬，色彩已经鲜活了许多。春日的晚风相较冬日也多了一丝可商量的味道，不再寒冽逼人。初春的晚上，跟隔壁寝室的同学并排站在寝室外吹夜风看星星，望着远处建筑的缤纷灯火，有着说不出的惬意。

伴着天气的日渐暖和，校园里漫天飞舞的柳絮也悄悄从寝室外飘进屋内，落在咖啡桌新摆上的那盆娇艳欲滴的草莓上。除了新近上市的草莓，艾粿也是随着时令更替进入人们视野的春食之一。中华民族向来是跟随季节适时而食的民族，作为热衷于吃的姑娘，我们自然要紧随先人步履，相约着去市场挑选艾粿，而后拎回寝室慢慢品尝。和风暖暖的午后，敲开隔壁寝室的房门，探头问的那句"要吃艾粿吗"，象征了春天里一切的美好。

寝室楼下的紫藤萝绽放得悄无声息。一个温暖的上午，不经意间，我闻到一阵淡淡的香气，循着香气抬头望去，才发现那是一片攀爬在古老石亭上的绚烂的紫藤花。紫藤花下是宿管阿姨养的几盆月季，开得正盛的月季花在风中恣意摇曳着，红粉的花瓣与不远处大树抽出的嫩绿新芽彼此呼应，点缀了这满院的春色。

天渐渐热了起来，仿佛可以看见不远处即将到来的夏天。

"夏天来的时候我们去看一次海吧。"

"好呀，到时肯定会像去年我们班一起跨年的那个晚上一样开心。"

于是就觉得接下来走向夏天的日子充满了期待。

青藤书院得名于明代画家徐渭的自号"青藤居士",徐渭的一生可谓自我而狂热,不羁而坚韧。相逢在青藤书院的我们,也许有着不同的人生抱负,也许终将回归不同的来处,但当下这段难得相聚又如藤蔓般思考成长的时光,我相信终会成为多年以后我们各自人生记忆里,一段热烈美好而又难以忘怀的独特时光。

(本文获长三角高校书院联盟"我与书院的故事"征文比赛优秀奖)

很幸运，来这里

绍兴文理学院文澜书院　　陈姝颐

　　一样的行囊，却踏上了一条独行之路。想象中的大学应该是给人一种震慑之感，可初次来此，迎面而来的是一股暖意。

　　一切就好像是情景重现一般，高中毅然离开熟悉之地求学，大学还是没有选择大家都争相奔赴的杭城，独自一人来到了绍兴文理学院。起初的孤独一直萦绕在心头，连宿舍都是学校的最西端，更让我有了一种被丢弃的感觉。可渐渐地，我看到了不一样的美好。

　　一直以来理科生的生活，让我习惯了有男生在的班级，突然周围扑面而来都是女性的味道，几乎让我不知所措。

　　好在，身边总会出现可爱的人。每当寝室中出现蟑螂、蜘蛛等让人尖叫不已的生物时，"瓜子"总会像个女超人战士一样，冲出来拯救苍生，抄起扫把就把敌人制服在地。面对一群金鱼记忆的室友，"瓜子"总是像老妈子一样对我们一遍遍提醒，为我们安排好一切。

　　她羡慕我的性格，我痴迷于她的歌声。她曾说："好喜欢你这么欢腾的性格，能认识这么多的人。"我笑笑说："你也一定可以的！"后来，我选择了学生会，而她加入了剧社。

　　她让我第一次意识到理科生的脑子里原来有更细腻的情感，看起来无所不能的她心底是那么柔软。在毕业分手的大潮中，她很知足地享受着异地恋。"瓜子"喜欢戴着耳机沉浸于音乐世界，心情大好时会去厕所录歌，因此有了"厕所好声音"的称号。可那一天，她像只泄了气的气球一样，趴在桌子上呆呆看着手机，问她也只是无力地摇摇头。

　　直到寝室只剩下我俩，她才说出了原因，没有经验的我只能用自己笨拙的话不停地安慰她。看着她每天都闷闷不乐的，我决定帮她去问个明白，一番了解过后，才知道一向善良的"瓜子"遇到了如此不堪的人。除了陪伴，我想不到更好的方式。夜晚的绍兴宁静得让人无法生气，一天中遇到的种种不快倾诉出来飘散在风中，就变成了过眼云烟。

"瓜子"在剧社的忙碌之中渐渐开心起来，每天回来都会向我们讲述节目的新进展和各种趣事，还会偷偷告诉我在剧社认识的朋友。可此时的我，正在为学生会各种令人焦头烂额的事情烦心不已，嘴上抱怨别人，实则在气自己没有能力。于是乎，我们约出去散步，在黑漆漆谁也看不清谁的操场上，无所顾忌地说着自己心中的苦闷，说到激动之处，就倒在对方怀里，撒娇一番。

以后的晚上只要有空，我们都会出来散步。

有人说生活无情，可我却觉得生活的有趣之处就在于就算你霉运当头，还是会感受到来自生活的阵阵暖流。生活，因为某些人某些事，显得特别可爱。

在书院的生活，让我恍惚有一种大杂院的感觉，不喧闹，却自在满足，天南地北齐聚一处。书院有着替冒失鬼准备的爱心雨伞，还会有值班的老师，随时准备像个战士一样为我们遮风挡雨。抑或是亲切和蔼的女老师，又或者是刀子嘴豆腐心的男辅导员，经常被我们的状况百出感到惊奇，却一直默默关心着我们。早起出门，总是会听到阿姨热情的问好，而我们也会回以微笑。迎着阳光走在小道上，时不时会看到附近人家的小狗慵懒地躺在一旁，或是在人群中穿梭，没有阵阵叫声，反而亲切地看着我们来来往往。晚上学习归来，总是会听到寝室楼下传来的一声声软萌的猫叫声，因为有很多人的投喂，每只猫都肥肥胖胖的，很乖巧悠闲地在这里安家。

隔三岔五还会有几个拾荒者来楼下，而我们总会把空瓶子、没用的纸板和不需要的衣服整理装袋，交到他们手中。他们，只不过在用另一种劳动方式生活，而我们，乐意与之。

门口的盆栽正在一点点发芽，慢慢成长，四年之期眼看着就要来临，在这个曾经温暖过我们彼此的地方，有着太多的一切尽在不言中，都只化成回眸时的一抹微笑。

来到此地，遇到属于自己的那份温暖，有过一番记忆，甚觉幸运。

（本文获长三角高校书院联盟"我与书院的故事"征文比赛优秀奖）

这将是我的黄金时代

苏州科技大学敬文书院　贾晓琳

　　在动笔写下这些文字之前，恰好看完许鞍华导演的作品《黄金时代》，一百八十多分钟的内容，并不觉得冗长。就其电影的部分内容而言，有评论者认为这部电影罗列了许多名人，更像是一部社交史，但正是许许多多个"萧红"的相遇，成就了许许多多个"黄金时代"。是的，对我来说"相遇"这个词汇就足以成全"黄金时代"这四个字，以下这些文字讲述的就是一个有关相遇的故事。

　　我拖着行李箱，离开小时候奔跑跳跃过的田野，怀着那种"江南可采莲"的绮丽幻想，一路向南，来到苏州。于是，便和许许多多个"晓琳"模样的少年相遇了，不过这个相遇的故事也没有从头至尾都如期待的那般美妙，成长路上的曲曲折折才构成了故事的情节跌宕。

　　如果要我回想和描述这个相遇的开始，我想我当初还是一个不够坚强、需要成长的孩子。比如，我会因为想家偷偷抹眼泪。具有爽朗性格的夏书记会鼓励我尽快适应书院的生活，温柔体贴的陆老师会关心我在新的环境中还有哪些不适应的地方，我惊讶着老师们对每个学生细致又耐心的关怀，心底是满满的感恩。那时候，敬文书院在我心底慢慢成为一个离家千里但让我踏实的地方。与此同时，它也重新唤醒了我对未来每个路口的期待，毕竟跨出一步，以后就得是一步跟着一步。

　　就是这样一个蹩脚又美好的开始，我乐观主动地尝试着融入敬文书院这个集体，像其他同学一样开始参加各类活动，加入各类学生工作中。

　　在丰富的文体活动中，我结识到很多优秀的朋友，这些经历是大学生活中十分珍贵的部分。在简单随意的聊天当中，我能感受到在不同文化环境中成长起来的人的鲜明特点，不仅仅是妙趣横生的各种方言，还有每个人在言语中流露出来的属于不同地域的人的性格特征、文化背景和思维习惯。我也喜欢和不同学科的同学们交流，在听到不同角度的见解和新奇的思路时，我也会感到精神上的兴奋和满足。

其实在日常生活中,我最喜欢下了晚自习后大家各自回到宿舍的那几分钟,三三两两的同学有说有笑地回到各自的"小家",这样的片段充满了生活的烟火味儿。每每碰面时候的点头微笑,像极了相处多年且融洽的邻里。我也真喜欢这样的生活:每个早晨大家从书院离开,奔赴各自的教室,到了晚上又可以回到一处,讲讲各自一天的趣闻。就在这样的生活里,日子都悄悄染上了令人踏实的家的味道。

有关相遇的故事写到哪一处都觉得画不上一个句号,大概是因为在书院的日子每一天都是崭新的一天。每一天我都要努力地脱去一点稚气,获得一些进步,从不知所措到渐入佳境,从紧张忙碌到从容不迫。我曾经站在镜子前问自己关于成长的问题,我在我的眼睛里找到了答案的线索。我的眼睛里除了有北方的苍茫的雪野、葱郁的森林,也有南方精巧的小桥和娴静的流水,在所处环境的变化中,不变的是眼中喜悦的光亮,透过眼神就可以感受到这段相遇对我来说何其幸运。

我渐渐地意识到:我,是一个人与一群人相遇,这一群人和我年龄相仿,且同样地怀有对未来的憧憬与期待;我们,是一群人与敬文书院相遇,这群人在敬文书院里感受温暖、创造故事、共同成长。这种相遇的美妙感觉落在纸上成了日记,濡湿了眼眶又化成喜悦,枕边的文字进入梦境又带来新的一整天的期待……或许明天的阳光明媚不过脸上的笑容,又或许明天的阴雨牵动着善感的人的心肠……

属于我的相遇还在不断发生,未来的成长路上说不定还有更多的惊喜万分和惊心动魄,但在这样美好的年岁里,我会幸福地说:"或许我的成长道路处处都有万千风景,但在敬文书院的这四年终将会是我的黄金时代。"

(本文获长三角高校书院联盟"我与书院的故事"征文比赛优秀奖)

"豪"巧遇到你

温州大学超豪学区　叶盈盈

　　八个月前，背上行囊，我来到了温州大学，住进了超豪学区。

　　漫步于超豪学区的小路上，夏日的阳光透过稀疏的树叶随意地洒向我，耳畔传来风穿过枝条沙沙的清脆声响，明媚的花朵亦在风中三五摇曳……初入超豪，我细细地打量着这个我即将生活四年的地方，甚至连对学区内那些不知名的一花一木都充满了好奇。

　　三三两两结伴而行的女大学生陆续从我的身旁走过，一阵大学特有的清新气息如夏风般朝我扑面而来。望着她们，我又仿佛看到了以后的自己，幻想着未来与她们相似却又不同的生活，我的心忽然充满了小小的期待，被阳光洒落一隅。

　　然而独自一人来到这里，面对着一个陌生的环境，即便她是如此美丽，也不能使我轻易地放下心防。我仍旧小心翼翼地走在这条小路上，走着走着，就这样，我带着憧憬和防备走进了超豪。

　　从此，我的故事中便有了超豪的身影，超豪的小路上亦有了我的足迹。

　　超豪似友。她是一个敏感而又热情的新朋友，清晰地感受着我的小心与忐忑，她坚定地朝我走来，又亲昵地跟我打着招呼，甚至紧紧地拥抱我。

　　在超豪，我遇到了可爱的小伙伴。我们一起参加了由超豪学区举办的心理情景剧，自己动手写好小剧本，就开始了紧张的排练。选角色，背台词，练动作，每一样我们都不厌其烦，乐在其中。虽然上场前仍紧张不已，但当我们站在台上的那一刹那，我们仿佛就是舞台上真正的主角，散发着耀眼的光芒。

　　掌声渐渐响起，表演已然结束，然而我的心却仍澎湃不已。超豪给我们提供了这样一个舞台，又为我们留下了这样一段弥足珍贵的回忆，我的心不禁泛起点点感激的浪花，拍打、瓦解着最初筑起的心防。

　　我想，或许超豪本身就是一个大舞台，她使来自各地的我们相聚一处，又使我们在这里得以尽情地散发各自的光芒，绽放人生中一些美好的瞬间。这些瞬间，在我们成长道路中，也将蜕变成一个又一个凸起的闪光点，弥存在我们心间。

超豪若母。她是一个温柔而又细致的母亲，她轻轻地拍打着我的肩，为我送来无微不至的关怀，她的叮嘱呢喃时常萦绕在我的耳畔，我在她温暖的怀中安稳入睡。

在超豪，我遇到了亲切的后勤叔叔阿姨。冬至日时，在学区的食堂前，我跟同伴参与了包汤圆的冬至日活动。这时，食堂里的叔叔阿姨也出来了，我们包着汤圆，他们就在一旁不时地指点着。当一个个热腾腾的莹白的汤圆从锅里被盛了出来，我们便围坐着共同品尝自己的劳动成果。

那个冬至，虽然没有父母的陪伴，但我们仍过得异常开心。当我们围聚在一起，我们便仿佛是彼此最亲密的家人。超豪也仿佛是我们另外一个家，我们都是这个家的成员，相互关心，相互温暖。食堂阿姨会心的微笑，宿管叔叔耐心的守候，都永远地留存在我内心深处最温柔的一角。

超豪如师。他是一个博雅而又温和的师者，他以宽广的胸襟包容着我们的莽撞与稚气，又对我们循循善诱，引领我们成长。他的谆谆教诲，我时刻铭记于心。

在超豪，我遇到了和蔼的寝室导师——晓斌老师。犹记得，在那个骄阳似火的午后，当我跟同伴匆匆忙忙赶回寝室之时，一位气质儒雅的师者已然来到了我们的寝室，在与寝室其他成员交流的同时，也在耐心地等待着迟到的我们。他身着一件干净利落的白色衬衫，下身是纯黑的长裤，一副黑色边框眼镜，也愈加彰显出他儒雅的师者形象。

虽不是故意，但也确实迟到了，我们俩不好意思地走到晓斌老师的前面向老师道歉。但晓斌老师似分毫没放在心上一般，只摆了摆手，语气温和地说道："没事没事，我也就是随便过来看看你们。"那一刻，我清晰地感受到一位师者的宽广胸襟与对学生的点点包容、关怀，我的心不禁涌起一股暖流。

在随后的日子里，他也默默地关心着我们。他会在节日给我们送来祝福，也会在考试前为我们加油打气，平时，他还会细心地为我们推荐书籍，他是我们心中永远的师者。师者，如他，亦如超豪。

超豪似友，一路陪伴。超豪若母，一路温暖。超豪如师，一路引领。

时光太瘦，指缝太宽。白驹过隙间，我来到超豪也已半年多时光。这半年的光阴如流水般匆匆逝去，我认识了很多人，也经历了一些事，一路走来，回想当初的心防不知在何时悄然卸下，随之而来的是熟悉、依赖与深深的感激。回想这半年多的点滴生活，那么多精彩的瞬间，超豪都曾陪我一同度过。并在未来的日子里，将与我继续同行。

一路有你，繁花似锦。"豪"巧遇到你，超豪——我的学区，我的家！

（本文获长三角高校书院联盟"我与书院的故事"征文比赛优秀奖）

感恩有你　诗泛年华

一棵杏树的成长

江苏师范大学敬文书院　张雨欣

　　古语有云："孔子游乎缁帷之林，休坐乎杏坛之上。弟子读书，孔子弦歌鼓琴。"杏坛也因此成了教育学领域中的一道文化标志。身为一名中文师范生，我也正如一棵对教育事业有着无限热忱的青年杏树，扎根于敬文书院这片广袤的杏坛沃土之中悠然生长。

一、吾家有杏初长成

　　初遇书院是在一个由暑入秋的日子，夏日的酷热尚未褪去，但书院楼庭前葱郁的古木已为人们送来凉意。犹如一位从容不迫的老者，带着几分宁静的书卷气息，凝望着我们这群来自远方的学子。就这样，一棵棵初入高校的稚嫩杏树生根于敬文书院的亭台院落之中，开始了各自的成长之旅。

　　众所周知，大学是每一位学子的重要成长阶段，而书院恰恰扮演了一位智者的角色，指引着我在专业深造的道路上渐行渐远。其中"导师制"更如一盏点亮的引路明灯，为我照亮了大学生涯的前行方向。初入大学的我曾经对四年的规划发展有着诸多困惑与不解，而那时担任我导师的教授便以和蔼亲切的态度答疑解惑，将中文学子大学四年的基本规划向我娓娓道来。在与教授的沟通交流之下，我一次次真切感受到了书院文化之中的独立思想与自由精神，体悟到了作为一名书院学子所应当肩负的时代责任。在平日的学习生活中，书院也提供了广阔的公共活动空间，定期举办各类"悦读会"与"下午茶"交流活动，从而让我们有机会与教授深入地探讨专业所学知识。受邀而来的教授与学子共聚一室把茶言欢，茶香悠悠中飘逸着几分书卷之气，一份淡淡的书院精神便也在潜移默化之中深植我心了。

　　初见深深杏坛，播种莘莘青杏。正因书院为我们构建了如此适宜的生长环境，杏树苗们才能够自如地生根发芽，扎根书院文化之上，成长为枝叶亭亭的青年杏树。

二、新枝翠蔓随风秀

夏去春来，庭院内的古木依旧枝叶繁茂，更迎来了生命中的全新一季。我从与书院的相遇相知，也渐渐变为相知相守。潜移默化之中，我也浸染了书院的几分从容宁静的人文气息，不再如初时那般懵懂青涩。杏树苗枝干渐长、叶蔓初现，不知不觉呈现出新的气象与面貌。

书院为学子们提供了诸多参与第二课堂的机遇与平台，这些第二课堂以一种拓展与补充的姿态，为书院文化精神的丰富与建设发挥着自身的有益影响。一年一度的学术文化节则是我在书院里获得成长的一个关键时期。博雅诗词大赛上，对古典诗词与传统文化常识的背诵与运用加深了我作为中文人的专业文化素养，"蝉声唱"吟诵大赛上，朗诵与展现诗歌则锻炼了我身为师范生的语言表达能力。同时在导师的指导下，我与同学们共同组队申请到国家级大学生创新创业项目。在立足专业基础知识的同时，尝试在课堂之外锻炼自身的科研创新能力，进而为以后的教学探究打下坚实基础。

杏树根脉初生，新枝迎风而长。书院这片沃土为青年杏树提供了生根发芽的良好契机，杏树们自会伸展出全新的枝叶，以书院雨露为养，良师益友为伴，迎风而长、摇曳生辉。

三、登高望远心怀幽

随着杏树的枝叶越发高挺俊秀，书院墙外远方的别样风景渐渐显露眼前。我开始尝试带着书院赋予我的文化烙印走出书院，驻足书院之外的同时重新回首认识书院的风貌。书院亭台内的杏树现已新枝翠蔓随风而秀，我便更需将目光投于书院楼阁之外，眺望更远处的风景。

敬文学子们的脚步也从未停歇，师范生们更是走遍五湖四海，用青春的步伐丈量世界。进入书院后一年级的寒假，我便参与了书院的亚洲青年领导力项目，随同学与老师一同奔赴新加坡国立大学。在与韩国、日本、马来西亚等亚洲国家十余所高校的数百名大学生进行深度跨文化交流之后，我开阔了身为一名未来教师的国际视野。暑期我同样在书院的组织下与同学前往台湾师范大学，投身于"孔子行脚"两岸公益支教活动。与来自各大高校的同学一同前往台湾彰化县埤头中学支教的过程中，作为一名两岸文化交流使者，我的身心也得到了熏陶。在书院的引导之下，我们敬文学子跨山越海，

走向更远的彼岸。

院内杏树亭亭，院外登高望远。书院不仅仅为学子们提供了地域化的文化熏陶与培养，更给了我们一个眺望远方国际文化的平台与机遇，在前行之中播撒书院精神，而这份精神也正如一炬之火，万火引之，其火如故。

四、半片金叶亦知秋

现如今，"杏坛论道"的孔门师徒的身影虽已在历史长廊之中渐行渐远，但其所秉持着的春风化雨之教育精神却依旧在当代诸多高校书院中代代相传。

回首入住书院后的这些点滴岁月，我与书院的这些情缘也只称得上是杏树枝头的半片金叶。但即使是这半片金叶，也萦绕着整个秋日的气息，昭显着书院带给学子们的诸多益处与教诲。

我始终渴望着，渴望着在书院的沃土之上顺利生根展叶，努力成长为中文教育领域中一棵参天大树，让书院杏坛葱郁繁盛，更愿以书院精神为本，为教育事业洒下自身的一片绿荫。

（本文获长三角高校书院联盟"我与书院的故事"征文比赛一等奖）

以"孟"为马 不负韶华

华东师范大学孟宪承书院 陈 杨

　　"夫天地者，万物之逆旅也；光阴者，百代之过客也。"斯言不虚，自初到孟宪承书院至今，已有一年多时日。如今想来，那天阳光和煦、清风微拂，所遇之人笑靥如花，一情一景，皆成诗画。

　　正式成为书院的一员，是在孟院开学典礼后。犹记得，那天我身穿书院院服前去。水蓝色的衣服，格外清新朴素，又透着一股子内敛典雅，承载书院的内里气质。我与班级的同学一起在书院的楼下集合、等待，在阳光与微风的催促下，小步快走到开学典礼的会场。入座之后，便觉出其与学校开学典礼的不同，后者为全校集会，人群熙熙攘攘、浩浩荡荡，让人徒生一种渺小之感，而书院的开学典礼规模不大，发言的人都是些熟悉的老师、同学，它更像一个大型的"家庭聚会"——一个我们孟院的大家庭。最后，所有免费师范生宣誓将志于教育、求实创造、为人师表，那时候洪亮的声音响彻礼堂，我的大脑激动而空白，内心久久震颤。那时候我想，多年以后，我也一定会回忆起今天的宣誓，然后同样为那个声音而震颤。

　　再后来，我便与书院熟识了。我先是经过面试，加入了书院的文化建设中心，成了院刊编辑部的一员。在编辑部里，我与成员一起，参与设计书院院刊，制作书院活动的海报，一同讨论中心的活动安排。谈笑间，我似乎看见书院正将我青涩的面貌褪去，换上一张积极自信的脸。接着，在班级的班委选举中，我鼓起勇气上去竞选，不想竟意外地当上了文艺委员。于是在接下来的"新生孟想秀"活动中，我便和班上可爱的同学们一起参与"孟想秀"的排练。因为是新生初秀，大家都忐忑紧张，排练也格外专心刻苦。待到"孟想秀"启动之日，紫竹音乐厅内华灯闪耀，鲜花、掌声、欢笑汇成一片温暖的时光之海。在微伏的海浪间，我听见歌声，来自空谷和山川；我看见童话，来自城堡与森林。我似乎到了一座桥上，虽然黑暗间不辨前方，但我知道一定有一道微光，将指引我，带领我。那道微光，应会化而为马，腾

跃而起，穿破重重迷雾，载我远行。

　　它带我到思政讲堂里，让我自信地站在讲台上，向同学、老师与评委展示我的课程讲演。我看见许多双眼睛望向我，尽管略微忑忐，但我知道，她们的眼里饱含期待与善意；我知道，我们书院的学子从来都是温柔真诚的；我知道，我的身后是一群亲切可爱的良师益友；我知道，我脚下所站立的这片土地，是同样温暖亲切的孟宪承书院。

　　它带我到兴家社工站里，让我融进一个凝聚善良与快乐的志愿者家庭里。我与那些朝气蓬勃而又热情大方的伙伴们一起，在社工站里挥洒青春热情，尽我绵薄之力。我看见那些受助的孩子的眼神，纯黑的，真诚的，无邪的，仿佛吸进天地间的灵光——那一点微光照进来，又变成灿烂的火苗，一瞬间点燃心灵的火种，于是整个世界全都明亮。

　　它带我到"教师暴走"的活动里，让我结识一群活泼大胆、矢志创新的朋友们。我们一同举着"教师暴走"的宣传牌，一路行走，一路宣讲，一路嬉笑，一路与路人卖萌合照，或是教小朋友背诵唐诗宋词，或是去寻找一棵蔷薇属的植物……我们穿过长长的走廊，穿过长长的街道，也踏过片片落叶与繁花，乘上一艘名为"成长"的帆船。

　　那匹"孟"之马不断腾飞，载我到学生代表大会的座谈会里。一盏清茗前，落座的都是沉着理智、敢说敢言的学生代表们。对面落座的是学校各部门的领导、老师，置于其前的，仍是一盏清茗。我们面对面地和他们交流，反映学校管理存在的不足，提出同学们心底的意见与建议。这些话，都被摄像机郑重地记录下来，都被领导们记在笔记本上面，都得到了最及时的回应与反馈。这样的民主，这样的平等，这样的交流与理解，这样的判断力与执行力、包容心与耐心，就是书院精神、师大气质。

　　"智慧的创获、品性的陶熔、民族与社会的发展。"这声音自一开始，便响彻书院的四方。如今，这声音，早已直达我的心灵最深处。

　　很幸运，能遇见孟院，让我学于斯，乐于斯，归于斯。

　　很幸运，能遇见孟院，许我温暖，许我梦想，许我明天。

　　此后，我必以"孟"为马，求知求美，不负韶华。

　　　　（本文获长三角高校书院联盟"我与书院的故事"征文比赛二等奖）

最美是书院的四季

华东师范大学孟宪承书院　韩晓彤

不知不觉中，在书院已有两年的时间。在这弥足珍贵的两年中，我经历过迷惘，品尝过苦涩，更收获了坚定，体验了快乐。我与书院的故事就像一幅幅迷人的画卷，在一年四季中展现出不同的风采。

秋

还记得初次踏进学生共享空间的情景，我独自一人在初秋簌簌风声中怯生生地推开了辅导员陆云鹏老师办公室的门。作为一名转系生，我对华东师范大学的校园早已相当熟悉，但是，对于这门新的专业，我的内心似乎始终没有做好充足的准备，担心一切从零开始的自己无法适应新专业的学习，担心自己无法融入全新的班集体。好在新学期伊始，陆老师便与我进行了交流。谈话一开始，陆老师似乎就看出了我内心的不安与担忧，用自己的亲身经历给予我安慰与支持。在后来的学习生活中，陆老师也总是尽力为我解答学习和生活中的种种问题，不断地为我加油打气，使我更坚定地践行自己的教师梦。

从陌生到熟悉，从迷惘到坚定，这两年在书院的日子为我的大学生活增添了丰富的色彩，老师的帮助更是让我对未来道路有了更为清晰的认识。对我而言，秋天的书院是一个崭新的开始，让我开启另一段美好的旅程。

冬

书院为每一个同学精心准备了各种活动，如：精彩纷呈的教师技能大赛，富有意义的职业规划大赛，扣人心弦的新生演讲比赛，内容充实的孟院讲堂，等等。在书院中，我们通过参与各种各样的活动开阔自己的视野，丰富自身的教师技能，为日后的教师生涯做准备。每场活动中，讲台中心每位自信、沉稳的选手，背后都是一次次坚持不懈的练习，是一次次精心细致的

准备，更是一颗颗甘愿为教育事业奉献的纯洁的心。

其中令我印象最为深刻的一场讲座是去年书院邀请到的上海市控江中学英语高级教师陆艺的讲座。在那次讲座中，陆艺老师主要针对高考改革后的英语教育情况进行解读，使每一位未来的英语教师明确日后职业规划的方向。没有华丽的辞藻，没有深奥的术语，陆老师通过自身在教学过程中遇到的一件件小事、趣事和在教师生涯中的亲身经历告诉我们如何成为一名优秀的教师。陆老师的讲座使我更加意识到作为一名未来教师所肩负的责任，同时，也为我前方的道路指明了方向。书院还有许多优秀的人生导师，为我们带来一次又一次的精彩讲座，与我们分享经验，是我们成长过程中的一盏盏明灯，为寒冷的冬天平添了一丝温暖与安慰。

春

春天的书院总是美好的、充满生机的。无论是书院门口竞相开放的樱花，夹岸纷飞的柳絮，还是共享空间里浓郁的人文气息、丰富精彩的活动，都为春天的书院添上了浓墨重彩的一笔。书院所开展的各项公益活动更是"书院有温暖"最好的名片。

在我的记忆里，印象最为深刻的是辅导学校周边社区小朋友课业的公益实践经历。在周末，我们会来到附近社区为孩子们辅导作业，解决他们学习中碰到的难题。尽管每周与孩子们相处的时间很短暂，但是每一次我们都能在彼此身上收获良多。在传授知识的同时，我也从授课过程中获得启发，帮助自己改进讲解的方式方法。每当看到孩子们学懂后纯真的笑容，我也由衷地感到欣慰。这样如春天般的温暖已是一种最珍贵的馈赠。

夏

相比于市中心的熙熙攘攘，闵行校区的孟宪承书院似乎多了一份难得的沉稳与静谧。我们在书院的学习生活也因此脚踏实地，同时也拥有着如夏天般炽热的热情与冲劲。

仍记得去年夏天，一年一度的华东师范大学语音语调大赛拉开了帷幕。英语专业的我们自然跃跃欲试，想要在比赛中展现出平日学习的成果。从合唱曲目到天气播报，从新闻朗读到影视配音，每个环节都彰显着每一位同学的付出。为了能在比赛中展现出更高水平，班上同学更是尽最大的努力抓紧每一分、每一秒，不断练习。在课间休息时，常常能看到同学们手握单词手册反复朗读的场景；在晚课结束后，也能听到同学们整齐嘹亮的歌声。至于参加个人项目的同学，他们更是不敢松懈，哪怕他们在台上已经有着流利和沉稳的表现，纵使是平日里仍需要老师们督促的同学，也在这一刻积极主动地参与到朗读大军之中。全班同学相互鼓励，相互帮助，共同朝着同一个目标不断前进，一起为班级增光添彩。这一刻的书院记录下了我们不断挥洒的汗水，更记录下了我们对学习生活永不熄灭的热情。

在书院这两年，我不仅收获了丰富的专业知识和精彩的生活阅历，也更加坚定了自己心中熠熠生辉的教师梦。两年的时间不长也不短，却足以让我成长。

（本文获长三角高校书院联盟"我与书院的故事"征文比赛二等奖）

万花一世界

苏州大学敬文书院　张　迪

　　曾寻得一专门记录苏州大学敬文书院的宣传纪录片，只觉得单单通过视频，虽无法窥得住宿学院制、导师制、多元融合之全貌，却亦似身临其境般心向往之。

　　初识之印象，或许仅能停留在与《律政俏佳人》中耶鲁大学住宿学院制似有相同这一层面上，但从我怀着激动紧张之情跨入敬文书院的大门，真正成为敬文人的那一刻起，认知便悄然深化。

　　也曾听说大学象牙塔的一个突出特点便是师生关系较为独立，整天被老师盯着施压督促的时光似乎已然成为回忆。然而，只有亲身经历，方能明白敬文书院导师制之裨益。军训之时，一身军装英姿飒爽的常任导师于炎炎烈日下同我们并肩坚持；临考之时，头发花白精神饱满的学业导师为我们答疑解惑，更不用说已开设一百一十六讲的敬文讲堂，每一位敬文学子都能在接触不同专业的同学之外，聆听各个专业顶级学者教授的学术讲座，从文学院的明清楹联文化到江南地域文化，从古今文化传统建造文化中国到外国语学院美国生态文学的剖析，从政治与公共管理学院修己以敬的《论语》君子到法学院修己以规的法治人，一期期的"敬文讲堂"让我、让每一名敬文学子在领略本专业知识外，涉足多元专业文化，更有了在纷繁复杂的扰乱之下，仍应坚持回归纯粹，探寻文化之根，不忘初心，砥砺前行的感悟。

　　待真正融入敬文大家庭，便会发现来自不同专业的每一名同学都有闪光点，一花独放不是春，百花齐放春满园。他们或是出口成章、诗句信手拈来、文采斐然的才女，或是百转千回歌声响彻飞扬的歌神，或是轻轻松松怀有各大类国家级竞赛奖项的学霸，或是蕙质兰心写得一手飘逸墨宝的书法家，或是心灵手巧绘得一纸洒脱丹青的画师……

　　他们，既能配一口流利纯正的外文视频，又能展一身柔韧灵动的优美舞姿；既能在专业学习上大施拳脚，又能在书院的活动中一展风采；既能为书院学生组织埋头认真写稿发推送，又能妙语连珠幽默逗趣闹成一片。期末考来临，在我身处敬文自习室或是积学书房，专心紧张地与各类经济术语对战之时，或许，身边的外语学院同学正在胸有成竹地背诵一篇篇课文，法学院同学正在焦头烂额恨不得将所有法律条文都刻在脑海中，抑或是数科院的同学笔尖沙沙推理证明，还可能是计算机学院同学正猛敲键盘，他们的勤奋让我不得不再次加快进度埋头与各类经济曲线斗争。

初步融入大学的我们尚未完全接触科研项目，只能羡慕学兄学姐的各类科研成果，但相信在敬文创设的优良氛围下，羽翼丰满之时的我们定能领略多元交融的课程与科研。

身处敬文，不论是阿姨每日清晨辛勤的打扫清洁，还是她平时像对待孩子一样笑吟吟给予我们的关心，抑或是万圣节为我们准备的小游戏小礼品，严寒冬日精心熬制的热腾腾的暖心粥、姜茶，都能让每一名在外求学之子感受到家一般的温暖。

或许，娓娓道来的不过是丰富生活中的浮光掠影，然而，正是这些点点滴滴方如涓涓细流沁人心田。大学生活才刚刚开始，愿能在敬文天空中添上一抹属于自己的光与色，心念—— 一朝敬文人，终生敬文情。

（本文获长三角高校书院联盟"我与书院的故事"征文比赛二等奖）

筚路蓝缕，与你同行

华东政法大学文伯书院 吴 蕙

笃行致知，明德崇法，是我们的誓言。做温暖正义的华政人，是我们的信念。能力越大，责任越大，筚路蓝缕，但我愿与你同行。

是你的温暖，让我立志回报

2017年10月14日，是华东政法大学文伯书院的诞辰，也是我的生日。作为新生领导力训练营的一员，当天我作为新生志愿者，为了参与迎新工作早早起床做准备。当我踏进富田体育馆，进行登记注册时，突然被其他志愿者叫住，正在我疑惑他是否需要我的帮助时，映入眼帘的，是那温柔的粉色玫瑰和邀请信。

与书院同一天生日的八名学生及其家长都被邀请参加当天下午的一场集体生日。虽然我的父母当天并不在场，但书院的许多领导都来为我们共同庆生，我们一起许下生日愿望，吹灭闪烁的点点烛光，共同分享蛋糕。

那是第一个，没有父母陪伴的生日。是我第一次离开家庭的庇护，来到大学与来自五湖四海的同学一同居住和学习的起点。我原本以为，那一天的志愿经历，已经是书院给我的最好的生日礼物，是我进入大学以后的第一份收获。但书院的这一份惊喜和心意，让我在陌生的一隅里，感受到了家一般的关怀和温暖。让我庆幸，自己当初选择了华政这样一个温暖的学校。那天许愿时，我告诉自己，我要为书院贡献自己的力量，尽我所能，加入共同建设文伯书院的队伍。

仍记得那天的华政很美，笼罩着金粉色的晚霞，和如风拂过的温暖，用一抹旖旎风景，装饰了我的梦境。

是你的挑战，让我不断成长

怀抱着雄心壮志，我加入了文伯书院团委学生会文体艺术中心，想要用自己的特长致力于书院的文艺工作建设。通过竞选我成了负责人，接下了文伯书院第一次大型文艺活动——文伯书院新年晚会的策划和筹办。殊不知，等待我的，是重重的压力和困难。

文伯书院是一个新生事物，这意味着它不同于学校中的其他学院，整个学院只有大一新生。而对刚踏入新校园，还在对校园进行好奇探索的大一新生来说，举办一场大型晚会，简直是难以完成的挑战。或许也只有当我们身在其中，才知道准备一场晚会是多么辛苦。这是挑战，也是机遇。

在筹备过程中，我策划晚会流程；与赞助商洽谈，争取尽可能多的资金支持；召开面试，选出优秀的主持人和表演节目；进行细致分工，确保每个人各司其职高效完成任务；与领导沟通，表达我们的需求；遇到意外，冷静处理，寻求解决方案。在晚会现场，我参与舞台的每一项装饰布置；协调主控室与后台，确保晚会顺利进行；清理晚会现场，回收道具……还有许多细节，例如海报、节目单等的确认，从筹备至晚会当天，我始终承受压力，但纵使困窘，纵使艰难，老师们和同学们始终给予我帮助，鼓励我，肯定我。

我接受挑战，承受住压力，与书院团委学生会的同学们出色地完成了这一场晚会。在这一过程中，我不仅了解了整个晚会策划筹办的细节，也锻炼了与老师、学兄学姐和同学们沟通协作的能力。我了解到细致分工的重要性和做好紧急预案的必要性，认识了许多能力出众的人，也因此，积累了一份难能可贵的经验。

是你的指引，让我们遇见彼此

在新年晚会上，需要文伯书院团委学生会紧急出一个表演节目，这时挺身而出的，是其中十名优秀的骨干成员。我们自己写稿，配合音乐，思考舞台效果，联系导师，共同完成了诗朗诵表演。

因晚会结缘，我们团结一致，珍惜彼此的友谊。我们彼此是如此不同，各具特色，各有想法，我们钦佩彼此的能力和学识，激励彼此，共同进步。我们会在新年时交流新年愿望，共同跨年；我们会精心准备每个人的生日礼物，送去我们特别的祝福；我们会在复习备考时分享资料，互相解疑。在这个集体中，我们可以大胆讨论我们的学生工作。遇到困难，即使不愿公开，我们也总会在其中找到一个人倾诉。

除了生活和工作，我们还共同立项申请社会实践。已有团队感情基础的

我们，在立项筹备中积极准备，经过彼此思想的碰撞和细致的共同检查，我们出色完成了书院立项答辩。

我很庆幸自己可以在文伯书院团委学生会里遇到这样一群特别的人，我们不只是吃喝玩乐的朋友，更是激励彼此进步，并为书院建设共同努力的同志。我相信我们的友谊如酒，日久弥香。

是你的广袤，让我追我所求

文伯书院带给我的不仅是情感上、经历上的成长，更给我提供了广阔的平台，让我有机会，去明我所想，追我所求，知我所学，博我所专。

文伯书院改革创新于通识教育，同时还实行导师制、导生制，给予同学更多生活和学习上的帮助。我们在与导生的沟通中，逐渐清晰对学校的认识，并从中获取许多建议。在感知上海的实践活动中，我们组结合了导师艺术方面的特长，参观了上海当代艺术馆和外滩美术馆。从艺术创新的视角，感受生活，惊讶于艺术想象力的无穷。同时，还有定期的导师见面会，让我们可以向导师单独咨询，或是关于学习生涯规划，抑或是学习方法指导。

此外，还有定期的文伯大讲堂和名师进社区的学术讲座，这些讲座内容涉猎广泛，有哲学、外交、政治、文学等。书院安排的这些讲座，作为通识教育的一部分，为我们提供近距离接触著名专家学者的平台，聆听他们独到的见解，同时思考自己的兴趣所在，为专业分流做好充足准备。

2017 年 10 月 14 日，华东政法大学文伯书院成立。筚路蓝缕，作为文伯学子及文伯团学联的一员，我们清楚书院建设在未来还会遇到许多困难。但我愿与你同行，怀着感恩，铭记书院教育我的一切，不忘初心，共同进退。

耳边回想起那铿锵有力的诗朗诵：我们要在华政与国家之间，修建一条走廊，把笃行致知的文伯学子，移往辉煌的法治殿堂……人生的历程虽然短暂，但宽度却可无限延伸，厚积薄发的文伯学子，必将成为社会的栋梁！

(本文获长三角高校书院联盟"我与书院的故事"征文比赛三等奖)

心有翅膀，腾地而飞

复旦大学腾飞书院　林丽辉

心花怒放。正因一年前的我，心中有一双想腾飞的翅膀，我努力地考上了复旦，也来到了腾飞书院。

满面春风。被复旦技术科学试验班专业录取后，我便是一名名义上的腾飞人，而让我真正有归属感的是大一上学期新生周的一系列活动，领书院服，穿着书院服参加活动，书院开学典礼，参观腾创空间，等等。怀着初来的好奇与新鲜感，这些活动在我心里留下了难以言表的印象，这是复旦和腾飞给我的礼物，将珍视。

迎难而上。初来到复旦，我是一个活脱脱的 2017 级新生、菜鸟、小白。在进入书院自管会（主要负责书院日常事务）宣传部之前，我对做海报和推送用的软件网站之类的都一无所知，可油然而生的莫名的强大兴趣给了我坚如磐石的勇气去报名面试。第一次，我克服了内心的恐慌成功地成为宣传部的干事。第一个任务是腾飞定向海报，没有推脱，纵有些许"不知何为"，我还是提前完成了。我被海报里的景色所吸引，又兴致勃勃地参加了腾飞定向。定向那天，路痴加生疏的我们骑了将近两个小时的自行车还没找到第一个最近的地点，兴致跌至冰点，转念一想，如果此刻放弃，前面的奋力就东流了。最终，我们美滋滋提前完成定向任务回到南区集合地点。

脚踏实地。为自己的"一无所长"恐慌，我尽力参加了 Photoshop、Premiere 等的培训。参加的第一场腾飞飞跃课堂培训是 PS 培训，从一头雾水到略知一二，再到运用自如，犹如食油甘果一般一口苦涩一口甜。虚心学习的进取之心是必需的，哪怕如驽马十驾。

豁然开朗。对于一个小白，初来乍到，没有什么困难是骗人的。其实曾有一段不长不短的几个月时间，我真心地认为做什么都没有意义、没有动力、没有意思，感觉自己什么也做不了、什么也不会、不知道自己能做什么……也许很多人都不会理解像我这样学习差劲的人会去思考这种完全

没有意义的事情。我尽力不去责怪当时的自己，因为那是过去的自己。我想，现在，我应该能够回答之前的疑惑，其实还是当初的那句——"做好自己那个年纪和身份应该做的事"。我似乎找到了丢失许久的心，羽翼也渐渐丰满。

宁静致远。所幸，自己在一度的心烦意乱中仍不离不弃，加上学兄学姐认真耐心的指导帮助，我渐渐地从小白变成了半个小白。虽然自己一度在有些时候手足无措——如今还清楚地记得，第一次做海报竟然花了十几个小时，做到眼里血丝几天都消不掉——但都过去了，不管是第一次做还是什么都不会的"尴尬"，是宣传部的任务还是腾飞定向。我越来越坚信：没有人天生就会，努力永远没有错。

勤能补拙。作为一个复旦工科人，"科学精神、工程实践"的书院精神不仅要在"神"上入心，更要在"行"上诠释。既然目的地是一样的，如果我无法比他人轻易到达终点，那么我就必须学会坦然接受、沉潜奋力！学会接受是成长必经的事，于过去是，于现在亦是。

心有一双翅膀，总会有一片属于自己的天地自由腾飞！

（本文获长三角高校书院联盟"我与书院的故事"征文比赛三等奖）

教人耕种桃花源

——记复旦大学任重书院对我四年来的培养

复旦大学任重书院　李易特

旦复旦兮，我在复旦大学任重书院的四年本科生活即将在这个六月画上句点。

四年的书院生活像是一条路，随着不经意间一个转弯，就像渔人不经意间进入了一片桃花源。第一个不经意间，是王德峰院长开学初的那场讲座，我震撼于知识、艺术、哲学是何其丰富有趣；第二个不经意间，是春日阳光下梁燕丽老师办的下午茶，我听着老师兴奋地谈着话剧，感受到什么是对学术的执着……然而之所以有我的这些"不经意"，正是因为书院老师已经为我们建立了许多可供选择的桃花源。

看多了桃花源，心生羡慕，也想拥有自己的一片天地。这就要有持之以恒的努力，以汗水换来笑容。任重书院也提供了这样的机会：我参加书院的经典研读班，跟随各位老师研读《颜氏家训》和《庄子》，纵横在思想飞驰的年代；我响应书院的招募，跟随侯体健老师整理和校对古代文话。其中最重要的就是陪伴我三年，至今仍在坚持的傅德华教授的历史学方向学术训练营。

记得大二刚开学，看到傅老师的学术训练营招募，没有正式接触过学术的我虽有一丝紧张，但还是抵不住对学术的期待。我选择了"邹韬奋和《生活》周刊"这一研究课题；然而我并非历史系的学生，除了课本中的邹韬奋《我的母亲》一篇名文，对这一段历史、对《生活》周刊、对邹韬奋其人，都几乎一无所知。

尽管如此，德高望重的傅老师没有轻视任何一个低年级的本科生，主动找我谈话，对我进行了极其详细的指导。傅老师拥有深厚的历史学功底，又长期在资料室工作，格外强调资料在学术中的基础性作用。老师说："当参加论文答辩的时候，我会问学生是否看过某某资料。不是站在相关资料的基

础上，又怎能做出经得起推敲的学术论文呢?"此外，傅老师还交给我很多具体的论文写作方法，如怎样拟题，如何合理地利用表格，等等。

傅老师建议我先将八卷本《生活》周刊合集的全部目录整理出来。于是我花了很多时间，坐在一本本发黄且厚重的《生活》周刊前，整理它的发表时间、栏目名、篇名、作者。我反复地到文科图书馆三楼报刊阅览室中取阅《生活》周刊合集，以至于我将会永远记得那个布满灰尘的小角落。然而正是在这个小角落里，我打开了一个全新的世界。

首先，这是一个严谨却有趣味的学术世界。《生活》周刊常常给予我一种新鲜的刺激:那是一个与今天完全不同的世界——广告初兴，新文学乍起，稚嫩的简笔画和别扭的早期白话文，直率地唱出万千变化;又有一代新知识分子对西方知识积极地译介，对中国文化毫无保留地反省……这些震动成为我两次研究《生活》周刊的最直接动力。比如，对白话文学早期传播的兴趣，让我在老师的指导下完成了《〈生活〉周刊诗歌、小说专题研究资料的整理与研究》一文;作为一个生活在21世纪女权主义潮流中的女学生，民国时期女性的血泪故事和自觉反抗精神深深吸引着我，让我决定在第二次论文中进行关于"女性职业解放"的研究。

其次，这更是一个充满感情和温情的学术世界。第一次参加学术会议时，傅老师正好在美国整理资料，所以我只能一个人去参加。作为一个本科生，站在各位老师和学界前辈面前，心中真是说不出的紧张和忐忑。在此之前，傅老师给了我很多的鼓励;在参会时，各位老师听到我是本科生，不仅没有刁难我，而且都慈爱地鼓励我并肯定了我的研究。在学术会议之外，当我到英国伯明翰大学做交换生时，傅老师几次叮嘱我一定要注意人身安全，照顾好自己。傅老师还关照我，要借助国外的图书馆资源多寻找资料，为日后的毕业论文甚至是研究生期间的学术学习寻找资料，并用他自己在海外四处搜集资料的故事鼓励我。

最重要的收获是老师的治学态度，这也让我有了对学术的热情。傅老师曾近乎"天真"地对我们说，当他想要找某一个资料，找了很久终于找到时，这种快乐是什么都比不上的。这句话深深地感动了我:学术所带来的真诚、持久又无法剥夺的快乐是多么让人羡慕啊!

在傅老师的指导下，我的学术桃花源初具雏形。我两次参加邹韬奋研究全国学术研讨会并做学术报告，两篇报告都得以发表，并受到鼓励，如我校新闻学院的李春老师认为我的论文正是通过"对史料进行了严谨细致的整理，发现了邹韬奋所办刊物在特定议题上的思想，这是一种扎实的方法和态度"。随着能力的提高，我也有一篇《何以"兴"？"观"何物？——浅论〈诗经·雅〉和〈论语〉思想内容的相同与发展之处》发表在任重书院出版的《雏凤文存——复旦大学任重书院学生论文集》中，并有一篇《从杜甫到白话——以杜甫为例，浅析胡适新诗对于旧诗的选择性式继承》获得了任重书院举办的"任行杯"论文征文大赛的二等奖。

我庆幸成为任重书院的一员，得以在书院所提供的桃花源中游览徜徉。心向往之，因而通过书院提供的机会，勇敢地构建自己的天地。流年似水而过，总会留下痕迹。书院生活的点滴早已经聚成一汪清泉，让未来的我随时取用：它让我的大学生活免于精神的饥渴，更永远滋养着我的心灵。

（本文获长三角高校书院联盟"我与书院的故事"征文比赛三等奖）

不负韶华，不负此生

——我和书院的故事

江苏师范大学敬文书院　王亦周

时光荏苒、白驹过隙，转眼间，我与敬文已经共同生活了两百多个日日夜夜。从初识敬文到了解敬文，最后爱上敬文，每个阶段都承载了太多的记忆，或美好，或苦涩，或感动，或辛酸。都说"相遇是缘，相识是福"，我很庆幸能够来到敬文，和书院朝夕相处的每一天都让我变得更加乐观与坚强，也让我完成了一次又一次心智的蜕变。

我要用文字记录下这宝贵的时光，我相信，随着岁月的流逝，当我再回头看这段时期的心路历程，这必定是一份宝贵的财富与绚丽的回忆。

初识敬文：在敬文发现更好的自己

早在报考江苏师范大学时，我便了解到，敬文书院是学校的卓越人才培养强化部，采用多样化培养模式和个性化培养方案，通过"个性化招生、专业自选、小班化教学、配备导师、名校游学"等举措，为我们潜能的充分发掘、个性的充分发展提供了良好的发展平台。

上一学期，在父母与老师的支持和鼓励下，我报名参加了美国 GBL 商业计划大赛。犹记得第一天，我拉着行李，与一群同学站在机场航站楼里，心中怀着忐忑与迷惘，但又憧憬着大洋彼岸的远方。经过十几小时的飞行，飞机着陆，我们登上大巴，在美丽的旧金山湾飞驰。那里的天很蓝、云很低、水很静，舒适而安宁。调整休息后，第二天，我们便投入正式的学习、比赛与参观中。

比赛期间，我们小组九人共同努力，完成了一份商业策划的展示，最终取得第二名的好成绩。我们齐心协力，面对来自各方的质疑，解决各种难题，在快乐的体验中，迎接挑战！值得一提的是，同学间的相处十分融洽，彼此加油鼓励，努力给对方营造舒心快乐的氛围。在周围同学激情洋溢的感染下，我鼓足勇气，首次尝试着站上展台，虽然很紧张，其间也伴随着些许忘词现象，但依然有效地向评委传达了我们的想法和信息，最终取得了成功。这也是我对自己的一次较大突破。

一直以来，我是一个内敛又极易害羞的人。即使心中有想法，也不会轻易表现出来。我在意周围人的目光，也常常是最容易被忽视的那一个。来到书院学习后，老师经常为我们安排各类交流与访学活动。无论是境外交流，还是境内的名校考察，我都被优秀学子身上的坚毅与果敢深深打动。渐渐地，我尝试着逐步放开自我。其实，我不应当过分在意别人的眼光，不该看着别人的生活，后悔自己的选择。我要坚持我认为对的，做我自己想做的。人生没有固定轨道，无论我们选择怎样的方式学习和生活，只要内心强大，都可以很精彩！

了解敬文：忙碌是一种幸福

忙碌是一种幸福，让我们没有时间体会痛苦；奔波是一种快乐，让我们真实地感受生活；疲惫是一种享受，让我们无暇空虚。这是我在了解敬文时，体会最深的一点。上大学之前，我眼中的大学生活是这样的：一心学好自己的专业知识，管好自己的生活。然而，事实却截然不同。书院对我们的综合素养都有着较高的要求，我们要积极参与学生会与社团举办的各类活动，也要学会平衡工作与学习。有一段时间，整日的忙碌调快了我的生活节奏，锻炼了我处理问题的能力，磨平了我桀骜不驯的棱角，练达了我生活中的人情世故，培养了我困境中寻觅捷径的能力。时过境迁，我逐渐发现以前所谓的烦闷忧愁是多么微不足道，心情也就随之开朗。虽然偶尔会觉得疲惫，但更多的时候是感觉到自己在忙碌中品味到了快乐，在忙碌中有所收获。当然，身在书院，学习还是首位。即使工作再忙，也不能影响学习。常常听老师讲到"天花板理论"，也就是希望我们能够"志存高远"，有更好的人生发展！

爱上敬文：时光安好，岁月静好

人生中有了友谊，就不会感到孤独，日子就会变得丰富多彩。因为友谊是梦的编者，它在人生中绽放亮丽的青春，释放迷人的芬芳。书院为大一新生制订了学长制，即让一批优秀的学兄学姐为刚入学不久的我们指明一些方

向。他们认真负责，耐心解答了我们学习、生活中的各类问题，带给我们温暖与感动。此外，同学间也互帮互助，让我感到了家的温暖，即使平时再苦再累，也有勇往直前、实现目标的动力。我想，一切都出于一个原因：我们都是敬文人！

"奔跑吧，敬文的少年！年轻的心里是坚定的信念；燃烧吧，骄傲的热血！胜利的歌我要再唱一遍！"敬文书院，我敬你的书香，敬你的充实，敬你的个性化教学。你教会我的，是让我成为一个更卓越的人。四年的时光终将流逝，但这段心路历程会深深印在我的记忆中，成为我奋斗终身的动力！

如今我整装待发，充满正能量；学会坚强地面对生命的真相；成功和失败不是用结果去衡量，挫折和磨难只会让我变得更强；经受过屈辱和嘲笑又有何妨，胜利的使命仍然背负在我身上；年轻的旋律多么自由而奔放，我要放飞心灵，勇敢大声唱！

愿我们在敬文的带领下，继续加油前行，不负韶华，不负此生！

（本文获长三角高校书院联盟"我与书院的故事"征文比赛三等奖）

我怀念的，遇见

绍兴文理学院文澜书院　蒋德雪

　　我们书院有几百号学生，可开学没多久就被两个阿姨记住名字并且次次照面都点头微笑打招呼的我，可能是极少数学生中的一个。这不，刚和朋友从阳明书院前面路过，精灵阿姨就从那高耸的台阶上大声喊道："蒋德雪，蒋德雪，跟男朋友耍去啦？"我惊慌答道："不是啊，阿姨，不是男朋友。"隔二十多米喊话，怎会不吸引近旁人打趣儿的目光？

　　我有两个书院阿姨，学期前被调到阳明书院的这个，我暗自称呼她为"精灵阿姨"。精灵阿姨又瘦又小，但是她对我的影响可不一般：入学初，室友之间闹了矛盾，某室友去和精灵阿姨倾诉委屈，阿姨先是给予她慈母般的温柔："大家刚相处起来，难免需要时间彼此适应。"接着又给她以严父般的告诫："凡事先检讨自己有没有做得不对的地方，避免重蹈覆辙。"后来室友主动和好，寝室关系相好如初。

　　有一次遇见精灵阿姨，我把藏了很久的疑问问她："阿姨怎么不管我们啦？""因为那边需要我，叫我过去带带。"她很认真地答道。"像阿姨这么好的人，哪个书院都需要您……我们也需要呀，可凭什么……"阿姨笑着安慰道："常过来找阿姨聊天，一样的！"

　　可以像母亲一样慈爱、像父亲一样严格的精灵阿姨，是我大学时光里最温柔的遇见。

　　有一回，我立在电视机前看学校播放的近期校园动态，阿姨走过来和我一起看。看到 2016 年"卓越奖学金"候选人现场的时候，阿姨转过头来问我："蒋德雪是哪里人？""贵州大山里的。"我答道。"许多伟人也是农村人，可是他们多么了不起，你说是不是？"阿姨若有所指地说，接着又道："我看到你很努力，每天六点准时下来开门出去跑步，晚上又很晚才回来。又不谈恋爱，一心只顾学习，我看呐，光明日子在前头候着你蒋德雪哩！"我哈哈大笑。阿姨注意到我在努力，特别是用伟人的身世鼓励我，真真让我

感觉一股暖流暗涌全身。

这个阿姨姓林，我暗自管她叫"林妈妈"。自那次告诉她我来自农村之后，林妈妈总是留着东西给我。有些是她从家里带的，有些是毕业的学姐留下的，有些是平时别的学生和她分享的。"来来来，蒋德雪……我专门给你留了好东西，快跟我进来……"还没上台阶，林妈妈就开始招呼我了。把我带到她的私人冰柜间，打开冰箱，拿出一盒玻璃瓶装酸奶，说是某某学生给她的。许多次了，在结束一整天的学习之后，拖着疲惫不堪的身体回到文澜书院，林妈妈笑哈哈地把专门为我留的东西递给我，并关心地问一句"累吗，今天？"看着她关切的眼神和握在我手里的礼物，我笑着说："不累！"

书院里有一个辅导员叫章利成，我很喜欢她。可惜，我很喜欢的章老师也调走了。时隔一年，当我出现在田径场上预备 4×400 米跑步接力比赛的时候，远远地听到有人喊我名字。循着声音寻去——伊人在兹，笑靥如花。跑步从开始到结束，都听到章老师声嘶力竭地为我呐喊。她说给我和她书院的一个女生喊了"加油"。

昨天在公交车上遇到那位大伯，他示意我他的旁边有空椅子。这位大伯，少语，头发花白，目光深沉，青布着装。绍兴本地人，以一个朴实敬业的劳动者形象游移在各书院楼下。因为有大伯的存在，所以，我们书院前面的水泥地上，永远只有水跟水泥。有一次我停车，大伯过来问我，可不可以把我的军训装卖给他，我说得先洗干净了。第二天天气热得难捱，我带着衣服去学校外面的水果店买西瓜，将一个西瓜切成两半儿分装。正看见大伯在打扫地面，我跑步过去，把衣服和西瓜一并递给他。大伯赶紧从裤包里拿出钱袋子，我忙阻止道："您只看合不合身？""我给你钱！"大伯固执地说。"不要您钱，快快吃西瓜解热吧。"我说完便走了。夏风微凉，从那以后，每次见大伯，他都对我笑。

我在文澜书院里还有许多值得写进日记里的故事，在正当奋斗和塑造品格的大学年华里，我有幸从书院获得许许多多的爱，也懂得无私地给予。春风化雨，无微不至，这是文澜书院教给我的东西。

我住在文澜书院，那里发生了一辈子值得怀念的——遇见。

（本文获长三角高校书院联盟"我与书院的故事"征文比赛三等奖）

见　证

绍兴文理学院阳明书院　雷琦琦

热夏　蝉鸣
第一次见面　是在报到的傍晚
木木的棕色牌匾
像站在远处的老人向我这个初来乍到的站在迷雾中的惊奇的人招手欢迎
第二次见面　是兴奋的开学典礼
很多不期而遇在路途走了很久
因为你
终在这里相遇了
之后
某一次见面
只知道风很大　吹得树叶沙沙作响
外面的光一直亮着
睁不开眼
只敢低低地紧靠着你下面这灰色的墙
就像趴在肮脏墙上的蛾蚋
你在呼唤我
等待
光灭了后　缓缓站起
树叶还在响
可如若风不吹　树怎会在摇曳中成长　把根更深地扎进地里
为了让更多人感受到这份绿
风只能更疼
终是离开了这片灰色的墙
走远了　静静看着你

阳是散播和阳光

明是明净和未来

阳明书院

想要你把我碎成一道道阳光

自由　闪亮

（本文获长三角高校书院联盟"我与书院的故事"征文比赛优秀奖）

听见我的声音

南京审计大学澄园书院　张书贤

什么是声音？

是左思《魏都赋》中所形容的"鸣条律畅，飞音响亮"，抑或是汉代人眼中"恋色娱目，流声悦耳"？

遇见"澄园之声"，我捕捉了南审澄园书院最美的声音。

——楔子

大一，短暂的过渡期后，初进象牙塔时的新鲜感宛若空气中脆弱虚浮的泡沫，转瞬即逝。我想自己应是陷入了所谓的瓶颈期，似乎除了学业，我别无可供选择的课余生活。生活的重心过度倾斜，我感到迷惘——该如何重拾自己的兴趣。

还记得高中时代的每一个傍晚，夕阳西下，梧桐树的树影投射到狭小的教室，几乎每天都很准时。下课铃声敲响后，广播里传来或清脆或婉转或磁性或悦耳的声音。那时，虽站立在狭小的教室里，唯一的伴侣是早已老旧的调音台，但因为清楚地知道，在寂静的校园内，总还有人驻足倾听，作为播音员的我，心中如白莲初绽，宁静、安恬。

可惜这样的日子，一去不复返了。我在心中默默地勾勒着高中时代与播音的点点滴滴，惋惜着无法在书院实现的播音梦想。此时，手机突然开始震动。

机遇总是如此猝不及防，辅导员发来消息：澄园书院将组建播音部。一个崭新的部门，对于痴迷播音的我而言，正是一个崭新的开始。

何其幸运，与之相遇。

澄园书院新闻宣传中心播音部成立伊始，作为新部门的第一任部长，我感到压力巨大。从未接触过专业声音处理软件的我，在学兄学姐的帮助下从零开始。一贯对声音条件极为自信的我，慢慢惊喜地发现，借助声音处理软

件，录制出的音质和音效更加完美。我还自学了新宣前辈们留下的"播音宝典"，里面记载着关于播音的点滴经验，也逐渐懂得播音部是通过前辈们的不懈努力创建而成的，我的梦想里流淌着他们的汗水。

为了尽快适应播音工作，大一的暑假，我频繁前往书院与老师、学兄学姐交流。盛夏时分，栀子花香犹自浓郁，我捧着电脑坐在书院二楼的赏香吧内，呼吸着空气中万物生长的气息，在无人打扰的空间内录制"澄园之声"第一期。

筹备"澄园之声"期间，校园的每一个角落都见证了我的拼搏。图书馆的参考文献上依然留存着我指尖的温度，润泽湖的湖面记录了我练声时的剪影，竞秀楼的自习教室不会忘记我伏案疾书的画面。反复斟酌播音稿的词句，几经删改的稿件，凝聚着我所有的心血。为了使声音录制达到最佳效果，我尝试了每一个摆放话筒的角度。过滤网已固定，结束键已按下，那一刻，所有的纷繁芜杂如烟而散，我听到了自己期待已久的声音。播音稿的主题是毕业季，脑海中浮现出通往书院的小径上，身穿学士服的鲜活身影。他们依偎在澄园书院湖光塔影的胸前，在袖中拂去属于书院的最后一抹云彩，他们是否与我呼吸着相同的栀子花香？眼中流露着相似的眷恋？画面真实地呈现在我眼前，只有身处书院，我才能切身地感受到大四毕业生在离开此地时的种种情结。于是声音也逐渐增添了几分色彩，我捕捉到了自己声音与众不同的特质，尽量让音色变得更加生动跳脱，在播音稿录制完毕的刹那，故事通过我的声音传播开来，毕业季的故事宛若一杯醇美的红酒，流淌在书院的每个角落。

"澄园之声"的初次亮相，意料之外又情理之中地获得了极高的点击率，在"澄园之声"获得关注的同时，也有越来越多的声音爱好者加入了播音部。我想，若没有书院为我们这群声音爱好者提供舞台，我们又何以施展自己的特长？"澄园之声"既是莘莘学子为自己发声，也是为书院为学校为社会发声。

此刻，我坐在刚刚布置完毕的播音室内，脑海中盘旋着"澄园之声"所记载的各种声音。忆及昨日种种，思及未来仍有无限空间待我辈开拓，不禁心下畅然。

（本文获长三角高校书院联盟"我与书院的故事"征文比赛优秀奖）

书院与我，在路上

苏州科技大学敬文书院　魏清高

从第一脚踏进大门的一刹那起，我突然发现眼前的敬文书院，其实也没有想象中那么高大。高大是件好事，给人肃穆感、敬畏感，甚至是威慑力。不那么高大，倒也不见得是件坏事。"敬文书院"的院徽，赫然出现在我的眼前，带给我的是一种莫名的亲切。

"过一种幸福完整的教育生活。"这是敬文书院名誉院长朱永新先生对"新教育"理念最终目标的解释，而这也成为苏州科技大学敬文书院的办学宗旨。我一直在想，怎样才能发挥"新教育"理念的作用，达到真正的"幸福完整"？直到我亲身体验了在书院的生活，答案才渐渐明晰起来。

一步一步走上台阶，宿舍出现在眼前。寝室生活是温馨的。四个来自不同县（市）的年轻人，居住在同一个房间里。我的室友们个个精致而优秀。光光的举止行为一如他的名字，浑身上下散发着质朴的光芒。他做事很勤奋，肯吃苦，从他那里，我看到了踏实和认真的品质；吉吉的长相没有特别喜庆，反而是皮肤白皙、气质俊逸，他考虑问题、做事情精密而周到，使我学习到了很多；泽钰外表俊美，身材颀长，才华横溢且见多识广，对很多事情都有自己独到的见解。"蓬生麻中，不扶而直；白沙在涅，与之俱黑。"与优秀的同龄人在一起，我在一种不自觉的状态中，开始学习他们身上优秀的品质，见识、能力都增长了不少。书院的育人理念，有相当一部分是体现在"学生自我教育"中的。通过相互的磨合、交流，我们可以逐渐发掘出大家的闪光点，同时映照出自身的不足。在这样的氛围影响下，每个人都努力改正缺点，发扬优点，聆听经验，吸取营养，从而实现自我激励，得到提升。

对自己要求太少，就会阻碍进步。敬文书院恰恰在管理学生这方面，做到了真正意义上的严格。记得刚进入书院的那几天，我对各种规章制度充满了敬畏。每天进行的寝室检查，使我们养成了清理卫生的好习惯；对晚归的

严格控制，令我们主动调整了自己的作息时间；荣誉积分、规定积分的出台管理，则有效调动了同学们参加书院活动的积极性。待人要丰，自奉要约；责己要厚，责人要薄。书院的各项规定，时刻提醒着我们新生：进入大学，应该更加严格地要求自己。真正的成功者，不是放浪形骸之外，而是待人以宽，责己以严。

在我看来，严格与松弛，都是相对的。在某些方面严格要求，在其他方面，同样也可以提供给学生发展的空间，自由、真实。令我惊喜的是，敬文书院正是这样做的。书院的各种学生组织、社团丰富多彩，让我应接不暇。在兴趣的指引下，我选择了自己热爱的社团，加入了书院团委，并开展了一系列相关工作。这种做法很明智——在学生自主发展这方面，应该给予其更多的权利和自由。我认为，在古色古香的书院中，培养具有才能的时代青年，是一件很有难度，但是非常了不起的事情。事实证明，苏科大的敬文书院，在短短两年的办学情况下，也确实做到了这点。年轻人在书院的栽培下，找到了各自努力奋斗的方向，取得了该有的成绩。吉吉热衷于文体事业，在学生会的工作中得到了一致好评，配音、歌唱比赛中均能惊艳全场；泽钰在外联、礼仪部的表现很是优秀，同样在歌手大赛上展现了自己的歌唱天赋；光光专攻学习，期末成绩优异、绩点突出，赢得大家的敬佩。而我，也在团委的工作中贡献了自己的力量，在广播站、文学社等地方展现自己的才华。通过参加各种青协志愿活动，我还收获了一大批热心肠的好朋友。学生的能力发展，就体现在个人的选择、个人的努力上。所谓"闻道有先后，术业有专攻"，每位敬文学子的能力各不相同。在这一点上，放开手脚让学生去发展，敬文书院为大家提供了平等的平台。

年轻人的梦想，很普通却又很重大。我们坚持凝望世界，学会了待人接物，怀揣着淳朴的情怀，充满了对书院的感谢。或许这就是"新教育"的魔力所在吧。

《礼记》中说："师也者，教之以事而喻诸德者也。"育人育才、传授知识并非主要目的，德行教化才更重要。把这个标准放到敬文书院里，我们的每位导师，都值得尊敬、爱戴。来到书院，最令我感动的，是老师们的殷切关怀。无论是入党动机的谈话交流，还是学生活动的策划开展，老师们都尽心尽力地教我们如何做人处事，有时甚至亲力亲为。在老师们的谆谆教诲下，书院的同学们不再是陌生人，而仿佛组成了一个温馨的大家庭，大家互相帮助，彼此关心。书院一楼大厅的墙壁上，有"为国储才，自助助人"八字，我想这也是老师们一直以来用以规范自己的信条。在与书院老师的接触中，我如沐春风，深切地感受到他们为人师表的巨大魅力。身为学生，我们就更应该勤勉、刻苦，不负书院的期望。

来到书院的日子并不久，但我确确实实获益匪浅。我应该感谢的有很多。敬文书院，正像它所遵循的理念那样，努力让我们过上幸福完整的教育生活。来到苏科大敬文书院，是我从未后悔的正确决定。"精感石没羽，岂云惮险艰"，我们都走在向前发展的道路上。书院的路还要走很长，我也是。就这样一直走下去吧。

（本文获长三角高校书院联盟"我与书院的故事"征文比赛优秀奖）

毕业时，我就成了你

华东师范大学孟宪承书院　夏忱忱

　　四年前的九月，我来到了中国最繁华的城市之一 ——上海。当我独自一人感到落寞无助时，那个熟悉的号码再次出现在了手机屏幕上。他是我的学导，在暑假里就主动和我联系，帮助我了解学校情况。开学之初，大量的不适应、不习惯、迷惘与困惑，他都耐心地与我交流，给我建议，帮我解决。因为他，这个陌生的城市，陌生的校园，一下子就有了温度，让我倍感亲切，同时也让我明白了爱和感恩。我也想去出一份力，为学校、为书院做一点什么。可是，我能做什么呢？

　　这个问题的答案在遇见他之后变得清晰了起来。孟宪承书院在每届新生入学之际，都会筹办一个大型的才艺表演晚会——孟想秀。当然，2014级学生也不例外。在正式演出前的几个小时，我注意到了一位身穿黑色衬衣，体形瘦高，戴着工作牌的学长。他表情严肃，在舞台下急促地走着，不断地与别人交流细节或者安排任务。这样一个画面深深地印在了我的脑海里，虽然我并不知道他的名字，但在心里默默把他视为了我的目标、我的偶像。我觉得在大学里就应该这样，成长为一名有领导力的人，和他人共同承担责任，共同面对挑战。也就是这一个瞬间，我坚定了参加学生工作的决心。

　　上天总会不经意地带给你惊喜。没过几天，辅导员便发短信邀请我参加书院2014级新生座谈会。谈话中除了询问我们最近的生活学习之外还了解了我们的学生活动情况，并向我介绍了由她担任指导教师的生涯发展中心。在交流的过程中，生涯发展中心的"育梦、筑梦、逐梦"的养成教育和浸润式教育的理念深深地吸引了我。就这样，我通过多轮面试，成功地成为生涯发展中心的一员。我的学生工作，也就此拉开了序幕。

　　大一时作为一名干事，我主要完成部长们安排下来的任务：贴海报、借插线板、借投影仪、预约活动场地等。尽管这些工作琐碎零散，但我从中学到了"什么才是有效的沟通"。一如既往高效率、高质量地完成任务的我更是得到了部长们的赞许和认可。在大一学年末生涯发展中心换届时，我成了一名部长。"加油，离那位不知名的学长，更近了一步！"我暗自心想。

成为部长后，我所承担的责任也跟着发生了转变。我从以前只需按照部长安排完成工作的小干事，成长为需要处理从核心构思到策划设计、从活动宣传到经费预算等种种问题的"多面手"部长。

从小，我对人多场合下的发言就比较畏惧——我会紧张得说话不利索，还会担心因为说错话而被人嘲笑。所以，更多的时候，尽管我心里有想法，也只是在心里想想，随后就把想法咽了下去。现在身为部长，由于工作的需要，我不得不补上曾经的短板，主动召集部员开会或者上台向大家展示策划。从最初的心虚胆小拒绝发表意见，到后来的小声说话，再到之后的自信洪亮，乃至与他人据理力争。从入学之初竞选班委的频频忘词，到后来书院首期卓培计划的精彩报告，我打心底感谢书院带给我的改变，同时我也深深地明白，书院带给我的，远不止于此。

在筹备"职业生涯规划大赛"过程中，我们请到了生涯规划方面非常有名的刘德恩老师。尽管在讲座现场的我是一名工作人员，但我也同所有参赛者一样认真地聆听。那时我才发现，我从没仔细思考过我的人生，除了知道我未来要做一名光荣的人民教师外，从没思考过如何去做一名不仅优秀更有人格魅力的人民教师，更别说毕业后关于终身学习、教技训练、职称评定等方面的规划。在完成了规划大赛各项筹备工作后，我特意腾出时间放空自己，反复回顾生涯规划讲座现场的所见所闻，并参考了一些决赛场上的生涯规划案例，为自己也制订了一份规划。这又何尝不是学生工作，或者说是书院带给我的另一笔宝贵财富呢？

2016年暑假，书院的首届毕业生即将惜别孟院奔赴全国各地。对于他们的毕业，书院高度重视，用了大半年的时间来筹备毕业晚会，并采用项目制，从各个中心里挑选出一批精良的学生干部来共同筹办。因为之前在学生工作中的突出表现，我也有幸成为筹办团队的一员，与书院苏老师一起共同设计制作了一段7分钟的开场视频。对于这份送给毕业生的礼物，我深感它的厚重，更明白肩上的责任。我和苏老师反复商讨，最初的想法和设计多次被推翻重来，常常加班到凌晨两三点，终于在晚会开始前五个小时完成了最终稿。当晚会现场灯光渐暗，一帧帧熟悉的画面在大屏幕上播放时，我的成就感溢于言表，内心更是感动满满，不仅因为自己和小伙伴们的付出，更因

为孟院的大爱与陪伴。

我不知道（虽然我很想知道），在我作为总负责人员在活动现场忙碌的时候，有没有那么一瞬间，台下的某位观众也会觉得，我和那位学长有点像呢？对于那位我至今仍不知道名字，却一直激励着我的学长，我想说："毕业时，我就成了你。"现在想来，这位台下的英雄，更像是孟院的一个缩影：在这里，他给了我们家的关怀和温暖，我们既不乏有磨练和奋斗，也不缺榜样与合作。全员教育、全方位育人，让我们都变成了更好的自己！

（本文获长三角高校书院联盟"我与书院的故事"征文比赛优秀奖）

我的四年之约与十年之约

江苏师范大学敬文书院　张盼盼

收到录取通知书的时候，你是夹在信封里的薄薄一张纸，你是印满了无数条条框框的入场券。对于我而言，你是我的一个机会，是我生活的全新开始。当我们带着憧憬来到校园，当我们每个人心中有着对未来的希望，我们来到敬文，这个给了我们无数回忆的地方。

四年之约——奔跑

在敬文，我很骄傲。因为从小体育方面有特长，我连续三年代表敬文书院参加了校运动会。在大学这个舞台上，优秀的人有很多，我从来不是最引人注目的，却也时刻有人关心着我。三届运动会，我的身份不仅仅是一名运动员，更是一名幕后工作者。或许上午我还在操场上奔跑，下午我已经在其他运动员身边做帮扶了。

敬文有许许多多这样的人，他们热爱这个集体，想要为集体争得荣誉，也许成绩没那么理想，但这确实是我们最好的回忆。连续三年参加校运动会，我看着敬文的成绩越来越好，我们并不是别人眼中的"书呆子书院"，敬文的少年热爱奔跑，生活中也是充满了活力。

除了校运动会，临近毕业之际，我还报名参加了今年学院举办的"悦跑"活动。在许多人看来，大四毕业生忙着毕业工作实习，而我在考上了研究生之后，却想多保留一些我与敬文书院的回忆。"悦跑"活动中，我也成功实现了对自己的突破——完成了人生中的第一个半程马拉松。对于跑步爱好者来说，半马是一个里程碑，也是我全新的开始。我在大四毕业之前，在书院"悦跑"中实现了自我的超越。

四年之约——成长

大二下学期，我有幸代表书院来到北京师范大学经济与工商管理学院会

计学专业做交换生，在北师大的一学期里，我看到了很多，也学到了很多，感受着国内顶尖高校浓厚的学习氛围，这让我对自己的未来又有了新的规划。在北京的一学期里，虽然本专业只有我一个交换生，有时难免孤独，但亲爱的舍友们时刻陪伴着我，千里之外，学院牵挂着我，常常关心着我的生活起居。

四年之约——初心

我是敬文书院的一名志愿者，参与了大大小小的志愿活动，也曾在学校担任过校青年志愿者协会的主席，可以说是书院教会了我"爱与被爱"。在一个有爱的集体里，你能看到大家互相帮助，不去计较得失，这种最难得的感情给了我归属感。我常常想，如果不是敬文，我会在哪里？在自己原来的学院里，做一个默默无闻的人。

当我成为青年志愿者协会的主席，我想着做志愿最重要的从来不是简简单单去奉献爱，而是让自己去感动他人，感染他人，让更多的人加入进来，投身其中。作为一个桥梁，我将学校的志愿活动引进我所在的班级。学院一直重视志愿服务的氛围，而我也在这种氛围的渲染下，懂得了更多：我们都只是芸芸众生中的一员，学会自救是本能，学会爱别人则需要后天的培养，学院教会了我们"爱与成长"，这也是我志愿初心启蒙的地方。

四年之约——更好

书院一直关心着我们的人生规划，从大一起就指导着我们去思考人生的方向。对于高考失意的我来说，考研是实现人生价值的一个重要途径。我在大二下学期决定考研，大三确定了自己的意向学校。书院让优秀的学兄学姐给我们做考研指导，避免我们走弯路。

复习备考的大半年里，同班保研的同学给我们提供了无微不至的关怀，在生活上提供了无数的便利，让我们考研人在上战场前没有什么后顾之忧。都说"要与优秀的人为伍"。在敬文，因为人人都是优秀的，所以我在这个集体里便有了更多志同道合的朋友，是兴趣、志向与三观的相投，让我们奇迹般地相聚在一起，组成这个大家庭，共同成为更好的我们。

十年之约

毕业季来了，有无数想说的话，班级里要拍一个"十年之约"的毕业视频，十年之后的我们会是什么样的呢？在各自的领域功成名就？未来有无限可能，只是这一刻，多么想感谢敬文，让我在大学四年里收获了太多。十年之约看似遥远，却也如白驹过隙，毕竟大学四年已经悄然走过。

现在，我还有很多不足，未来，我会学着慢慢地改正，最终成为更好的自己，因为"在敬文，发现更好的自己"。即使将来，我们人人离开了敬文，但情怀还在，初心还在，希望就在！祝愿书院的未来更美好，祝愿 2018 届的毕业生们前程似锦，祝愿每一个敬文人发现更好的自己！

这便是我与书院的四年之约，接下来的十年，我们一同走过。

（本文获长三角高校书院联盟"我与书院的故事"征文比赛优秀奖）

此情永忆　韶华如画

一入仲申，温暖终身

绍兴文理学院仲申书院　胡怡沁

2016 年 9 月 10 日，我与仲申书院初次见面。书院门前是一片曲径通幽的竹林，几顶石桌掩映其中，颇具一番《兰亭集序》里"茂林修竹"的意境。从门口抬头望去，一扇明清风格的月洞窗把书院衬得格外古雅宁静。如此景致下，若是栽上几株青藤，似乎便能一览徐渭青藤书屋里的诗画风流；若是刻上一个"早"字，似乎便能一窥鲁迅先生从三味书屋到百草园的趣味童年了。繁弦急管的世界里，我的书院独守着一方书香净土，带给了我四年大学生活里的无限温馨与感动。

十位绍兴历史名人，构成了十所书院的名字。羲之书院，青藤书院，文澜书院……这些在历史长河中熠熠闪光的名人们，未曾想以他们的名字作为书院名，竟也是如此地诗意婉约，别有风味。学院像老师，管理我们的学习；书院像妈妈，照顾我们的生活——这是我对学院和书院最简单的理解了。而对于离家求学的大学生而言，寝室已成为我们在陌生城市中的归宿与寄托，是我们的第二个家。而书院给予我们的教育、管理与服务，则让我们更有归属感与幸福感。

书院带给了我们丰富多彩的课余文化生活。从大一深秋那场别开生面的迎新晚会开始，舞台上的追光便把我的大学生活映照得异彩纷呈。班里八个毫无舞蹈功底的女生，在经过不断的练习与磨合后，用水袖和旗袍将唯美的古风传递；师生趣味运动会中，我们同书院辅导员零距离互动，意外发现原来老师们也有童趣天真的一面；十佳歌手比赛中，我有幸担任了主持，徜徉于音乐的世界里，我也找到了自己的价值；还有那场"慕·秋"的摄影比赛，把文理的秋韵定格在了一个个的画面中，将瞬息变化的景致化为不朽的记忆……这一系列品牌文化活动，为颇具古韵的书院带来了青春的活力，也为生活于此的每名学子带来了青春的丰盛记忆。

书院带给了我们无微不至的关心与温情。"家"文化的理念贯穿在了书院生活的方方面面，于无形之中为书院营造了温馨的氛围。在这里，每一处的设置都有家的温暖——你想运动时，体育俱乐部为你提供免费的运动器材；你想阅读时，头脑风暴室为你营造安静的阅读环境；累时就到心灵氧吧坐坐，房间里温馨的布置会让你放松心情；乏时就到书院走廊逛逛，那些知名校友们的书画作品将带给你心灵的熏陶。在这里，你遇见的每个人都有着家人一般的温暖——室友是家人，他们闲时吵吵闹闹，在你遇到困境时又格外仗义相助；辅导员是家人，他们会在你生日时，偷偷把生日贺卡和祝福亲手塞进你寝室的门缝中，并绝不被你发现；楼下的宿管阿姨也是家人，她们每日开启书院大门去迎接朝阳，又仔细锁上大门，为我们把黑夜隔在门外。春去秋来、日出日落，尽管每天面对新事物时会有得失悲喜，但只要一回我的书院，一见到我的家人们，便总觉风雨在外，我心安然了。

我在书院中参加过一个最特殊的生日会，这位寿星是仲申书院的宿管员陈阿姨。她每日守护着我们的家，乐此不疲。一幢寝室楼有上百名学生，她能把每个人的姓名、班级、寝室号记得清清楚楚。她的书桌案头总是放着零碎的针线，我们的衣服要缝补，最先想到的总是她。她眯着眼穿针引线的样子，真是像极了自己的妈妈。但她就在我们一声声"阿姨"的呼唤中逐渐添了白发，花了眼睛，她要退休了。在得知她的生日后，书院老师同我们一起策划了这场非同寻常的生日会。蜡烛点起来了，生日歌唱起来了，蛋糕上那句"陈妈妈，别走！"是我们对寿星的感恩与不舍。烛光摇曳间，这小小的书院值班室大概是全世界最幸福的地方了吧。在书院里，全然没有职业的差别。那些带给我们爱与温暖的人，便都是我们的家人。

书院带给了我们兼容并包的人生哲学。真正对仲申书院有了全面的了解，是在我成为书院宣讲团的一员后。为了把书院的全貌与内涵介绍给来访的人听，我开始把遗落在书院每个角落的故事一一拾起。说来也巧，我初中时就读于元培中学，"思想自由，兼容并包"的校训于无形之中一直指引着我前进。如今，这八个字镌刻在了书院的墙上，继续书写着我与蔡元培先生的不解之缘。书院门口是一副"弘奖学术启文明，栽桃种李最多情"的对联，把先生的传奇一生概括；走廊转角处的墙上，记录的是先生的生平事迹；楼梯的平台上，先生的名言时刻激励着来往的学生。"大家筑小舍，小舍出大家"的人文理念体现在书院的每处设计之中，这些有形可观的建筑设计最终化成了无形却可感的"家风"，于潜移默化中影响并改变着我们。往

后的仲申书院，还将送走无数个依依不舍的身影，也将迎来无数张朝气蓬勃的脸庞，但纵使人来人往，这兼容并包的"家风"，终将凝聚成一股精神力量，于一代又一代的青年之间传承，生生不息。

一个书院，不知承载过多少学子的闪光岁月，不知记录了多少少年的青春梦想。不知不觉间，我在仲申书院中度过的大学生活已然过半。纵然之后岁月更迭、世事变迁，仲申书院给予我的温情岁月和教会我的人生哲理，终将在我的人生长河中熠熠生辉，永不磨灭。一入仲申，便足以温暖终身。

（本文获长三角高校书院联盟"我与书院的故事"征文比赛一等奖）

遇见自己，逐梦超豪

温州大学超豪学区　朱文跃

　　大学期间，假使真有一片土地的气息萦绕在我的记忆中，我想那片土地的名字一定叫温州大学超豪学区。那种气息能在朴实中溢出甜甜的蜜来，那种气息能让你在平凡中邂逅永恒。

　　当黎明的脚步唤醒天空，清脆的鸟啼和着小电驴的鸣笛声不时交响，超豪学区在一片静谧中醒来，崭新的一天，崭新的超豪。于是食堂开始响起锅碗瓢盆与柴米油盐的交响乐，自行车的铃声在空气中悠扬传响，每一寸土地都浸润着青春与生命的气息。留心听！留心听！那窸窣作响的纸笔妙音定是"三到"书屋传响的绝唱，我可以看见学子们瞳眸中映射出的理想火焰；那语重心长的促膝劝诫必是辅导员吟咏的佳曲，我能够想象同学们脸颊上绽放的灿烂笑容；那轻松喜悦的嬉戏打闹将是寝室小家里独奏的小调，我真切触摸到室友们心中凝聚的深厚情谊。超豪学区，在相同的二十四个小时中，邂逅不一样的自己。

　　时光蹉跎，像极了电影胶卷的回转重放，记忆总是时常跳转到初来超豪的场景。大一下学期，我与步青学区的理工生活挥手告别，携着一颗挚爱文学的赤子之心，跨进了超豪的大门。转专业让我邂逅超豪，引我遇见文学。

　　初次见到这个学区，它那青葱的翠绿色让我仿佛置身于一个花园。然而，当我进一步去探索这个心中的超豪世界，它却不再是幻想中的绚丽花园，反而成了一个邻家庭院。超豪学区并没有想象中开阔，也不像它的名字那般华美，它就像是一个天真的孩童，质朴得可爱而透彻。整齐的楼栋一览无余，宿舍管理员在楼下值班，食堂里悠然飘出饭菜的余香，与不知名的草香花香融合交汇，仿佛每一声鸟叫都无法逃过自己的耳朵。我与超豪就这样仓促地相遇了，那时的我素面朝天，失落迷惘，而超豪真实坦然。它似乎想要告诉我什么，我却只是自顾哀叹，并没有领会。

　　直到后来，时间让我慢慢读懂超豪。

时间就像春日里的闲暇，不经意间就流逝在白天与黑夜的交替轴承间。然而，我在超豪学区却始终找不到自己心心念念的归属感。郁郁葱葱的树叶在初夏的午后愈加青翠起来，空气中飘荡的独属于超豪的味道更加浓郁清晰。记忆中，那时的白天很陌生、很漫长，而黑夜则成了梦的归属。梦中我回到步青，蓦然回首，却发现自己站在超豪的土地上，那种茫然无措让我至今记忆犹新。

直到那天午后，初夏的闷热，令超豪的每一方空气凝滞不动，一声响雷像一把巨斧断然劈开杂闷。而这一刻，我拽着一张稿子，焦急地等候在"党员之家"门口。嘴里似有似无地念着自己准备的话稿，脑子却是一片空白，直到我走进"党员之家"面试，乃至最后结束，我都全然不记得自己讲了什么，只记得每个人脸上洋溢着温暖的笑，传递着肯定的赞许。那一刻，我明白自己即将在超豪学区拥有一个小家——超豪学区党员服务中心。

我心里这么偷偷地想着，跟学兄学姐挥手告别。走出党员之家，我步入雨帘。急促的雨点拍打在伞面上，发出笨重的响声。地面溅起雨花，像是初夏的精灵在灰暗的水泥地面上翩翩起舞。一瞬间，雨中的超豪变得神秘而丰富了。我猛然回想起初入大学时的情境，那时的一切都是新的，一切都是神秘的、未知的。那么此刻不也是如此吗？此刻的超豪是一个崭新的世界，此刻的我也是崭新的。这一刻我与超豪一同在雨中站立，我的生活开启了新的篇章，就如同初来大学校园的模样。

从步青学区到超豪学区，意味着抉择与放弃。那时候，在一个陌生的地方重新开始对我来说是一次挑战，也是一种历练。幸运的是，超豪的一视同仁，让我在这里顺利找到了新的归属，找到了超豪这个大家中的一个小家——超豪党服。于是我欢欣雀跃，用真诚去爱这个组织，用实践去证明自己的信念。就这样，我一步一个脚印，踏踏实实，逐渐走出了自己的成长之路。

在超豪党服的工作经历，让我接触到很多优秀的党员，也让我找到了进取的榜样，更让我在很多次迷惘中找到方向。从积极分子到预备党员，我深深将自己入党的初心镌刻于心底。这份初心承载着我幼时的崇高理想，长辈的殷切期盼，以及我发自内心的对中国共产党由衷的信任与感激。最重要的，是超豪日日夜夜在我心中播下的善与爱的种子。入党让我明白自己能让这个世界更加美好，能让更多的人感受到阳光和温暖。不经意间，超豪成了这一段青春历程的见证人。

我不断成长，不断蜕变。我开始走出自卑，走向自信。我不再拘泥于自己孤独的世界，开始走进他人的生活；开始学会独立，学会坚守，学会生活。当他人为我的改变惊叹万分时，我知道超豪一定会对我说："越努力，越优秀！"渐渐地，超豪成了我们的依靠，我们也成了超豪的心跳。

很多时候，言语显得苍白无力，然而那份凝结于心中的情谊却历久弥香。初逢，超豪在我心中播下了神秘的种子。相守，我们共同见证梦想花开。回望，我渐渐读懂超豪，也慢慢遇见自己。我们都享受平凡，却都不甘于平庸，于是我们在逐梦路上成了一辈子的莫逆之交。我相信，下一个黎明，崭新的超豪将会迎着黎明的曙光等待着我。

我将把梦想，做一支礼花，飞绚。崭新的超豪，愿你我一如初见般美好。

（本文获长三角高校书院联盟"我与书院的故事"征文比赛二等奖）

四季苏州

苏州科技大学敬文书院　陆心怡

追着八月的尾巴
我于东疆沙地交递一场邀约
九月伊始姑苏山下
"敬文"二字笑赠答复
夏末秋初热气倔强不翻篇
溽热狂得肆意
汗眯了眼
白色院服迎新的笑
却清而彻地入了眼
在炎热喧嚣里
遇见相伴四轮春秋的人儿
最是凉爽

季秋易感伤
告别了许多遇见
记住了许多告别
早训沁人的朦雾
正午酣然的汗雨
晚操青涩的歌声
一声哨响之后悉数消散
原来所有离别在这里
都可以美得这样具体
那些纯真的感动
以及我们的笑，我们的泪，我们的努力

粉碎我生锈的骄傲

我翻开皱巴的内心

开始审视自己

像一个考古者从头到尾地检阅埋在时间长河里的那些古器

我开始敞开心扉

见之如故人

面场圃话桑麻

时至三冬我们俨然成了朝圣者

冬风的凛冽能熬出轻柔

我们在这里思考自己的人生

那是稚嫩的，对生命的叩问

白天与黑夜捉着永世的迷藏

在星光满天的夜自习

提笔走过万页书山

草稿纸上满是属于自己的经纶

在这里我们相互汲取相互促进

我能为你的温柔跌倒

你也能为我的果敢折枝

凛冽的风无穷境地穿过我

穿过我的灵魂腹地

可我不觉一丝寒冷

徒徒浓烈了漫天风与雁

春日温暖

万物温柔

遇见敬文的人儿

如遇早春湖涧

似是诗中风景

这里的每个人都有一本独门秘籍

遨游在自己的世界里

时而拢聚一起切磋交意

乘兴而来

兴尽而返

除却表面的相异皮囊

都是一样的风骨

少年意气风华正茂

一样的嬉笑怒骂

一样的因物悲喜

一样的盛放存活

这场不期而遇

就像风

掠过窄巷

漫步云端

惊起鸽群

轮回四个春夏秋冬

落满我们的一生

（本文获长三角高校书院联盟"我与书院的故事"征文比赛二等奖）

我与书院的二三事

绍兴文理学院阳明书院　朱宇楠

韩寒说：我一点都不后悔，没有在最美的时光遇见你。因为遇见你之后，最美的时光才刚开始。

2016 年，我来到了绍兴文理学院；在阳明书院，拉开了新生活的帷幕。

尔尔书院事

大一那年我偶然加入书院辩论队，成为辩论队的一员。在学校"树人杯"辩论赛开战的前几晚，几乎每天晚上八点，我们几个要参赛的同学都会带着电脑从不同的寝室出发，聚集在书院一楼，一讨论就是两三个小时，每天踩着闭寝的时间点回到寝室，在电脑上继续找漏洞、提意见，修改稿子。第二天中午抽空演习，晚上继续查漏补缺，以便发挥最好的状态。

大学第一年，我作为四个人里面唯一一个新生和学姐们一起参加校辩论赛，最终虽没能走到决赛，却也在这一次的经历中积累了经验。第二年，我退出了辩论社，却在机缘巧合之下再一次代表书院参加辩论赛，并且获得了"最佳辩手"的称号。从大一到大二，身边的伙伴面孔换了一批又一批，我却有幸在两次大型辩论赛中锻炼自我，并获得一定的认可。

因为书院，我有了更多的机会和勇气去面对生活中的各种挑战。

我常常会去参加书院组织的一些比赛。去年三八节，书院发起一个"感恩母亲"的活动，我由此给母亲写了一张表示感谢的明信片，由书院统一寄回去。后来母亲收到明信片以后，给我打电话分享她收到时的惊喜，隔着电话我都能感受到她的愉悦。四月的时候我又参加了一个"微孝时代的召唤之听听你的故事"大赛，在准备比赛的过程中，细细罗列我与家人点滴相处及日常生活中那种不起眼却又触动人心的瞬间，让我不禁对家人的付出更多了几分感恩，和他们的联系、对他们的关心也比从前更多。

经历过书院举办的这些比赛，我更加清楚地意识到感恩父母、陪伴父母

对子女来说是多么重要的一件事，这让我与家人的关系更加亲密了一些。

念念书院人

书院的辅导员俞老师带给我的关爱和启示也很多。我给俞老师做助理的时候，老师会时不时和我们几个助理聊生活、聊学习，她平易近人，细心体贴，与其说是管理我们的辅导员，不如说是一位热心指导解惑的大姐姐。她常常会和我们分享她作为老师、作为母亲的经历，总会谈到一些新奇又好玩的事，同时也带给我们很多启示。

记得有一次，老师和我们分享她在新疆阿克苏援教的经历，让我又好奇又向往。那时，她已经有了家庭、有了孩子，却依然奔赴新疆进行为期两年的支教活动，并和那里的老师及同学结下了深厚的情谊。我作为一个师范专业的学生，对老师的行为深以为傲，今后如果有机会，我也愿意不远万里去支教，我认为那样，更能锻炼和磨砺一个老师的意志和品质，将来更能把教师教书育人、为人奉献的精神发扬光大。

这是俞老师带给我的启示。因此，我们喜欢和她接触。她让我们觉得，老师与学生并不是只有课堂上、工作上的联系，也并非总是让人望而生畏的，多和老师一起相处能帮助我们更快更好地成长。

深深书院情

去年九月迎新，我有幸成为一名志愿者，接待来往的家长和学生，为他们送水、引路、看行李，从校门口到书院门口到宿舍，随处可见穿着红色小马甲的志愿者为迎新而努力工作着。书院为来往的家长专门提供了歇息的场地，为他们贴心地准备了水和水果。前一天晚上，学生们自发制作精美的书签，把校训、院规写在上面，从画图到镂刻，到书写，都是书院的学生们一起完成，第二天送给新来的学弟学妹们留作纪念。

还有一次，受恶劣天气影响，书院里的许多同学在短短几天内开始感冒、流鼻涕，我也不幸中招。有一天中午，当我回寝室的时候，我发现书院一楼门口有许多同学分发姜茶。虽然我们与这些同学并不相识，当他们微笑着向我们递上一杯暖暖的姜茶时，我真的能感觉到来自他们的善意。一杯姜茶下肚，整个心里都是暖洋洋的。

书院的情意，就是在这样一次又一次暖心周到的服务中让我们倍感温馨。

　　时光，总是那么静悄悄的，从不经意的角落冒出来，又在看不见的地方溜走。还是那辞旧迎新的声声爆竹，告诉我新的一年已经到来。

　　这两年里，我从中学走向大学，从班级走向书院，从参与者走向组织者。我也悄悄地经历着变化，经历着成长。

　　如今，书院与我共度了一半的大学生涯。书院的故事、书院的人、书院的情在一点一滴中融入我的心里。爱在书院，心系阳明。因为相遇，我在书院成长，在书院收获。因为书院，我的明天将更加饱满，未来也将更加有情。

　　（本文获长三角高校书院联盟"我与书院的故事"征文比赛二等奖）

三封家书

苏州科技大学敬文书院　田　甜

其一　迷惘

亲爱的爸爸妈妈：

这是我第一次离家求学，也是你们第一次送你们的小姑娘去一个离你们很远的地方独自一个人学习、生活。敬文书院的设施很好，我看见帮我搬东西的你们眼中总算还是有一丝安心：离开你们的小姑娘应该也不会过得太差吧。

告别的时候，妈妈忍不住掉的眼泪还是被我捕捉到了，想起妈妈之前嘴硬说巴不得我早点离开的样子，有点心酸。爸爸你上车前又塞给我一点现金："身上总要放一点现金的，别舍不得用钱。"

有一句话说："自此以后，故乡只有夏冬，再无春秋。"看着你们离开的背影，眼泪终于还是掉下来了。

我一个人在书院门口站了很久。我为什么要申请加入敬文呢？因为这里良好的硬件设施？为了这"满是优秀学生"的名头，还是只是想要努力给自己找一份肯定？我很疑惑，很茫然。一股很强烈的自卑感莫名从心底涌上来。高考后的两个月，我早已经把自己否定到了谷底，我突然开始自卑，觉得自己突然从以前的"天之骄子"变得一文不值。前些日子甚至害怕自己无法进入敬文书院。

我离开了家。我不知道敬文会不会是我的家。我也不知道我还能不能变成以前的样子。

爸爸妈妈，我已经开始想念你们。

2017 年 9 月 8 日

你们的女儿

其二　　归属感

亲爱的爸爸妈妈：

敬文书院是我的另一个家。

你们一定很惊讶吧，才不到十天的时间，我居然这么快就在书院找到了归属感。我也很惊讶于内心对书院突然涌起的非常深的感情，并且我很清醒地知道，这份感情像新酿的酒一样，会随着时间的沉淀越来越香醇浓郁。你们知道的，我是那种特别容易被小事打动的人。

也就是这些小事，让我爱上了敬文。

就讲其中的一件吧。

书院的一切其实都才刚刚起步，所以大家抱着要让书院和自己都快快成长的想法，有着各种各样的让书院特别却不特殊的奇思妙想。自创社团就是其中的一个。从高中开始接触社团，我自然也有想要组建一个社团的想法。只是我很害怕，三个月前的那个所谓的失败，让我不敢做第一个吃螃蟹的人。"想做就去做啊。"舍友轻抚我的肩膀，"我帮你。"我突然就有了力量。像一直站在我身后的你们一样，在书院也有人会一直站在我的身后，并且陪伴我成长。所以，就做吧！要准备的东西很多，舍友的身体状态不能熬夜，于是我在楼下的自习教室整理文件整理到很晚，上楼回到宿舍已经十二点半。我轻轻地打开房门，准备摸黑收拾收拾，上床休息。但宿舍最外边的灯是亮着的，足以让我避免磕着碰着的危险。书桌上杯子里的牛奶还温热，底下压着一张纸条：别有那么大压力，以后每天要早点回家，我们在呢。

爸爸妈妈，那是我自你们回家后第一次掉眼泪。我觉得，这样的舍友，是上天给的礼物吧。妈妈你以前跟我讲："上天会给善良的人最好的安排。"我笑过你的唯心主义，但我确实很庆幸——我来到了敬文书院，我遇到了他们，拥有睿智和有趣灵魂的他们。无论是在各方面都表现了出色才能的那些人，还是给予我太多太多温暖的那些人，或是陪着我一起在书院的环境中成长的那些人，我都要好好珍惜才行。

我曾经觉得我是不幸的，但其实，多了这样一个大"家"，也是太幸运了。

2017 年 9 月 30 日

你们的女儿

其三　　感动与感恩

亲爱的爸爸妈妈：

想跟你们讲我和一个学长的争吵。

苏州科技大学的敬文书院只有两届同学，所以我们是很年轻的，是要自己摸索着去前进的。其实这看上去的"弱势"反让我们能够更好地锻炼自己。

那天我们敬文迎来了第一次的迎新晚会。

"你们需要多少个话筒？"设备商问我。

我看了看备忘录："三个手持，四个小蜜蜂……"

当时距晚会正式开始仅仅只有三个小时，而我们的排练才刚刚进入正轨。

"不行，这样主持人的手持话筒数量没有保障了，他们这场表演不是七个人都要在台上，手持话筒可以减少，一个就好了。"主席学长打断了我的话。

"可是最后要一起上台谢幕啊……"话筒数量是我事先就确定好的，我很不服气。

时间一分一秒在流逝，音响里的音乐也在试播，整个会场很是嘈杂。

"到底几个？"师傅有些不耐烦。

"三……""一……"我不愿意让步。

已经浪费了不少时间。

"好了！"学长拍了一下舞台地板，愠怒，"师傅你先听我的，一个手持就好。"又转头看我："晚会结束我们再聊。"

委屈、生气、吃惊，一下子涌了上来。我和学长并不熟，但自认能力不差，赌气觉得学长不过是仗着自己年长欺负我。憋回眼泪，不睬他，继续工作。

晚会是一个大成功，大家都纷纷赞叹。"学妹，等一下。"准备离开时，学长突然叫住我，"你的计算没有错误，你的能力也很强。只是在时间那么紧的时候，我们需要立刻做出决定。三个还是一个其实都不会有太大的问题，不过是考虑的点不一样，都是为书院好。我太急了点，向你道歉。"其实早已气消，但没想到学长会主动道歉，我愣住了。"学妹，学长的经验之谈哦，一起办过一场大型活动后，差不多都是一辈子的朋友了。"我笑笑："行，朋友！"

在这一场活动中，我很感动，也想要感恩。

感动、感恩这两个词，也是在这四个月的敬文时光中，我感受到的最多的情感。

在这里，我是当下最幸福的自己。

2017 年 12 月 28 日

你们的女儿

（本文获长三角高校书院联盟"我与书院的故事"征文比赛三等奖）

眺望，是一种青春的姿态

苏州科技大学敬文书院　朱昕怡

　　犹记北岛先生在《青灯》一书中写道："那时我们还年轻。穿过残垣断壁，苍松古柏，我们来到山崖上。沐浴着夕阳，心静如水。我们向云雾飘荡的远方眺望。其实啥也看不到，生活的悲欢离合远在地平线以外，而眺望是一种青春的姿态。"

　　在没有来到苏州科技大学敬文书院之前，我不知道大学对我来说究竟意味着什么，不知道在书院我可以参加多彩的通识课堂，不知道我只需站在足下净土便可聆听四方，我更加不知道曾经那样一个怯弱的我也可以与志同道合的朋友创建一个社团，圆自己的一个梦想……而今，再度回味北岛先生的这番话，我仿若明白过来，苏州科技大学敬文书院便是那样一座山崖，而我一直尝试在做的，便是逸少笔下"仰观宇宙之大，俯察品类之盛"的眺望，亦是一种青春的姿态。

　　2017年九月初，我正式加入苏州科技大学敬文书院这一大家庭。那时，我常用朱光潜先生在《厚积落叶听雨声》一书中的"害怕周旋而又不甘寂寞"来形容自己，我是一个矛盾的存在。我一直是个不善言谈的人，但我偶尔也会向身边敢于展现自我的朋友投去惊羡的眼光，我回避学校的演讲比赛，对于学生会干部竞选也只是退而求其次，心甘情愿地做一个"埋头干事"的干事。我将这一切的孤僻归结于"性格使然"，事实上，我也再找不出第二个贴切的四字词语来为我的默默无闻埋单。

　　九月中旬我迎来了大学生活的最大转折。在我最喜欢的大学英语课上，老师对着底下酣睡的同学感叹："你们究竟为什么要上大学？"短小精悍的问句，发人深省，像一片混沌中的惊雷，唤醒了失途的旅人，那时我翻开笔记本，刚好停在了那一页，"ripple effect"，蝴蝶效应，我还不能确定，那是不是一个惊喜的预兆。九月下旬，我的猜测应验了，我的大学生活再次迎来了它的第二个波澜，我的一个学英语（师范）的好友找到我，她说她想在书院里创办一个英语社团，问我愿不愿意加入她合伙人的行列，没有多余的自我审视，我便答应了下来，那时我才明白，十几天前那堂英语课的涟漪早已荡漾在我的心头，也许，我终于找到了我想眺望的另一端。

诚然，在社团成立的初期，我与我的小伙伴们遇到了前所未有的困难。其实，他们中的很多人都和我一样，曾几何时都害怕周旋，但命运将我们紧紧联系在一起。我们要与老师沟通，要向同学宣传，怎样让自己表达到位，怎样在眼神聚焦时还能从容不迫，这些都是我们要做到的。我第一次惊讶地发现，我也可以展现自己美好的一面，尽管难掩心头的些许紧张。那段时间，每当宿舍熄了灯，黑暗之中的我躺在床上总能深深地陷入幻想，幻想着穿着西装的我，站在讲台上，神采飞扬，幻想着穿梭在欢声笑语中的我，回看社团活动，热泪盈眶。我和好友偷偷分享这件事，她却打趣我："你可真是个虚妄的眺望者。"听完后，我也不恼，我总是享受自我安慰后的沾沾自喜。我想，眺望，至少证明我的青春以有血有肉的姿态存在过，谁的青春不迷惘，仅仅看不见前方，未必是一种虚妄。

今年4月，我们的社团已经从初出茅庐，变得成熟壮大。当我们为英语社承办的第一次院级英语配音大赛画上句点的时候，我的心中竟横生出一种矫情而又夸张的沧桑感。这并不能算一次圆满的活动，一路曲折，总有坎坷，但我庆幸能站在苏州科技大学敬文书院的广阔平台上，与一群志同道合的知己一同成长。至少，我们曾共同存在于这美好的书院、美好的社团之中，至少，我们曾一同年轻，一同热泪盈眶，一同眺望……

请允许我再将时间轴回溯到高考成绩公布的那一个晚上，百感交集的我在朋友圈看到这样一段动人心弦的独白："未来，你会遇到许多美好的人和事，会让你觉得，高考做错的那些题，都错得刚刚好。"我想，此刻我终于能够切身体会到这位独白者的心声，过去的一切都是刚刚好的安排，冥冥之中，我会与这独一无二的苏州科技大学敬文书院有这场最美的相遇。

我与书院的故事，在我的笔尖也即将画上句点了，但它还会在我的校园生活中悄然继续。写到这里，对于前路，我只能像北岛先生一样，诚实地回答一句"啥也看不到"，但我仍心存对苏州科技大学敬文书院的感激，怀着对青春的热忱与期待，唯愿你与我，苏科大敬文人，永远会是那山崖之上无惧无畏的眺望者！

（本文获长三角高校书院联盟"我与书院的故事"征文比赛三等奖）

书院杂谈

苏州科技大学敬文书院　张玉莹

　　也许是进书院以来就一直在做学生工作的原因，敬文于我，感情其实较平常同学而言更为深厚与浓重。但也正因为我对它的感情，突然要正式讲一讲我在书院的日子，反而会觉得有点无从下笔。

　　苏科大敬文书院是长三角书院联盟中的普通一员，但我想它又是特殊的一员，也许是因为它发展得尚不完善。2016 年末我刚进校，碰巧是书院第一届招生，甚至可以说，书院一直在和我一起成长。我还记得刚开学那会儿，书院召开年级大会，一个书院仅有的 120 名大一新生在空荡荡的还没有搬进椅子的报告厅席地而坐，听三位老师介绍书院、介绍自己，而后就此正式开启我们的书院时光。现在每每再在报告厅举办大大小小的活动，我总忘不掉我们最初一群人就地坐满室内的情景，好像当初也没觉得有什么不妥。

　　后来，在我们一天天习惯大学生活的同时，书院设施慢慢健全起来，学生组织也逐渐成立。我后来有想过，要是当初不是在常任导师的鼓励下竞聘学生会主席团，大学生活会不会轻松自在许多？但也正是当时把自己向前推了一步，才成就了现在的我。其实在这近两年的生活中，书院学生会可以说是我大学课外生活连轴转的核心。书院学生会一直以"自我管理"为特色，一方面，这是我们引以为傲的地方，另一方面，又是我们最费心思的地方。我们会因为举办大大小小的活动开数不清的例会；也会因为经验不足导致活动细节有纰漏时自责懊恼；会因为大家对我们的一些规章制度不解时而无助；当然也会因为我们这样一群学兄学姐眼中的"小毛孩"成功举办一场场让大家满意的活动而欣喜；也会因为我们成功让学生会有了雏形而感动。学生会对我来说，像是"渡人渡己"，一方面，我为这个组织的成型添砖加瓦，另一方面，它又在包容我，让我去适应我的大学生活。

　　我不止一次地说书院是我在苏州的第二个家。一点不假，在这里感受到的就是温暖。当我还是 1611 班临时负责人时，我们在破冰班会上玩"三毛五毛抱一团"的游戏；当我成为1714班助理导师时，学弟学妹们在感恩节给我送来小卡片；又或者是我待了快两年的学生会主席团，策划给常任导师过生日……任何一个组织或集体给我的直观感受都是这一点。温暖其实是源于归属感。我一直觉得一个好的组织少不了集体凝聚力，因为这会帮助大家在条例框架中仍拥有一份热情，拥有对彼此的关怀与体谅。

下面，我想继续谈谈书院里那些我每天直接接触到的人。我一度很喜欢书院"社区"这样一个模式，在这里，可以和三位老师实现真正意义上的零距离接触。每天都能看到夏书记，他总爱在节假日之后向我亲切地道上句"回来啦"，是回来了而不是回学校了；每天在上课下课路上看到时院长，她都会停下来笑着问我日常；更别提无时无刻不在联系的常任导师陆老师。仿佛他们都已融进我的生活之中，老师们和我们不会有遥远的距离感，相反，你会觉得和他们相处就是自己的日常生活。至于我的工作伙伴们，我们会在感到负重压力的时候约上一顿饭，谈天说地，聊人生理想，吃完再继续肩负重担前行，一切都很有默契，仿佛大家都彼此有感应，知道对方在何时需要被鼓励被加油。最后是和我朝夕相伴的舍友们，磨合下来，会觉得这真是一群妙不可言的生活伙伴。我们来自不同专业，我们互相了解各专业的轶事，我们互相给予学习上生活上的建议，我们互相在生日时给对方办一场仪式感十足的惊喜派对。一起生活的感觉就像是失散已久的老友重逢，亲切，合拍。

之前参加精英班的时候，有这么一句话给我的印象一直很深："聚是一团火，散是满天星。"写到结尾突然觉得这句话也同样适用我的书院。因为这么多有趣的灵魂在书院碰撞到一起，带给我的，早就不只是"大学生活丰富多彩"这么简单了。

（本文获长三角高校书院联盟"我与书院的故事"征文比赛三等奖）

遇见最美的风景

温州大学超豪学区　邵晓青

一

亲爱的朋友：

如果你愿意，我想把我在这里的生活与你分享——此刻窗外正飘着细雨，隆冬还未真正来临，温州已有些寒意，我想杭州应该会更冷些。不知这封信何时才能抵达，但我想，漫长而诗意的旅途会让它变得弥足珍贵，尽管只字片语也许是可有可无的存在，但也是我斟酌良久后写下的，愿与君共勉。

大学生活由开始的狂热变成了如今的恬淡，我的大三生活在上课、阅读、工作中度过，如果说还有一些别的什么的话，那就是看电影和听讲座了。但生活的安逸并不能抑制内心的期待，于是会有几周一次的火锅聚餐、夜晚狂奔几公里的肆意，甚至会有逛街一整天的疯狂行径……它们是我平凡生活中的点缀吧。

温州是个说大不大说小也不小的城市，繁华的市中心和落寞的小弄堂，我都有幸领略过，去过玉海楼，却没到过温州乐园；吃过永嘉的麦饼，却没爬过雁荡山；在世纪广场上漫步，却没踏足洞头的海滩……有过遗憾也有过欣喜，最终都归于平静。

我的故事不多，但是我处在故事中央，体会到一些可遇不可言的小确幸，我相信你也有。真心祝愿那边的你遇到的是最美的风景！

友：××亲笔

二

女孩抬起头，窗外明月正泻下一抹华光，晚秋月夜那般朦胧，引得女孩放下手头的信纸对着窗外明月呆望，遐想……

143

三年前，女孩只身来到这座城市求学。陌生的建筑，陌生的脸庞，陌生的一切……她不禁心生畏戒，以至于踏进学区大门时忽略了那用金粉镶刻在石壁上的四个大字——"超豪学区"。那时的她还不知道自己在未来的日子里将与这几个字发生怎样的关联。

当新生的日子并不好过，就好像十几年来所积累的生活经验要像孩童学步一样从头开始，尽管如此，女孩依旧怀抱一颗热忱之心面对生活。"心之所向，素履以往，生如逆旅，一苇以航。"大一的忙碌生活虽然在别人眼里是充实的诠释，但每当夜幕降临，女孩的内心总会闪过一丝失落，尽管女孩努力去克制这种情绪，但她明白越克制越嚣张。这种失落从何而来，女孩不说，但她知道，看似充实的生活背后没有精神食粮做支撑，人终究会被消磨殆尽。紧凑的日程让这个从小热爱文学、渴望惬意生活的女孩捕捉不到一丁点的闲暇去吸纳精神食粮。

生活就像一条抛物线，失望的谷底往往就是幸运的起点。在女孩大二那年，学区以"三到书屋"授牌仪式正式宣布学区第一座图书馆建成，女孩欢呼雀跃。此后几乎每天晚上她都会待在书屋，她爱极了书中那种淡淡的油墨味，喜欢在书桌前放一杯用素雅陶瓷茶具包裹的绿茶，慢慢品茗，复古的台灯发出橘黄色的暖人光线，铺洒在墨色文字上，文字仿佛瞬时有了灵性，在女孩眼前优雅地舞蹈。再也没有什么，比沉浸在文字的海洋中来得更加舒心惬意，女孩时常这样想。

待在书屋的时光让女孩寻觅到大学生活的平衡点，书籍带给她的精神陶冶让她拥有一双发现美的眼睛，她开始从紧凑的生活中抽出时间来品味人生。"阅读，是心灵的旅行，而旅行，是心灵的阅读。"于是女孩学会了独自去旅行，寻找独属于她的诗与远方。

三

不久前，女孩收到了家乡同学的来信，同学在信上抱怨大学生活理想与现实的差距，看着同学满满几页纸的牢骚，女孩无奈地苦笑，她想起当初自己也和这个同学一样焦虑和不满，透过信纸，女孩仿佛看见当初那个莽撞无知的自己。于是她定定神，开始回想自己是如何在时光的眼皮底下悄然转变的。

学区时常举办与寝室导师的聚餐活动以增进师生情谊，开始女孩对这些

活动无动于衷，总觉得和老师像朋友一样交谈是件难事，但一次偶然的相约让她完全改观——导师真是一个神奇的存在！没有一板一眼的谆谆教导，也没有你问我答的尴尬氛围，导师以"过来人"的身份告诉女孩，什么是爱情，什么是生活。于是女孩开始敞开心扉，有关对未来的不知所措，对爱情与学习的迷惘……都在与导师的交流碰撞中由疑问句变为陈述句。

此刻女孩脸上泛起笑意，笑自己原先对"老师"一词的曲解，她又联想到前些时日自己在书屋对面的事务大厅值班时，辅导员总会贴心地送上面包和小食为她"开小灶"。女孩心里着实佩服这位被学区同学公认为"立志把学生喂胖"的辅导员，每天都露出两粒松鼠般的门牙笑迎生活。

女孩渐渐明白，原来生活不会辜负每一个热爱它的人。

尾声

女孩的目光从窗外月色中收回，环顾四周，发现书屋里剩下的同学已经不多了，书屋对面辅导员的办公室灯还亮着。女孩关掉台灯，拉上大门，走出书屋，漫步在学区楼栋间的小道上。此刻，请静静聆听女孩的心声——何其幸运，在最美的年纪，缱绻在最美的时光里。

（本文获长三角高校书院联盟"我与书院的故事"征文比赛三等奖）

遍地东林

江苏师范大学敬文书院　张沐旸

余昔游东林，方舞勺之年，懵懂无知，尚不解死生大节，唯记"风雨家国"一联，字字铭心。殊不知宿缘深种矣！

越五岁，余及第而栖于徐。校内有书院名敬文，感昔年东林之志，遂列其中，求学问道，日日如此。

曩者，较东林而无不如者，海内有三，曰岳麓，曰应天，曰白鹿洞。然时人有论："天下言书院者，首东林。"何解？曰："境界也。时天启阉乱，满朝文武噤若寒蝉。独有正音发乎东林，百应江南，何也？经世也。风声雨声读书声，声声入耳；家事国事天下事，事事关心。普天之下，言书院者，莫不重格物而欲致其知，庶几落于小乘，未若东林之齐家治国也。书院之材，当为中流之砥柱，擎天之巨橼。安效弱子持家，手足无措乎？"

故余在敬文，虽不出铜山，而知天下事。或阅报刊文论，或搜罗网上，一一得知。学习之中，亦有时政课程。居一室而知天下，举一隅而通全局，能抒独立之见，可发一家之言，其东林之遗风欤？

然东林学者，非所谓"死谏之文臣"。其为道也，亦兢兢其间。每有辩合，皆争抒己见，发时人所未发。引经据典，而破陈出新。盖为学日进，而致用愈深，付所学于世用，如枯木逢春，非用力精深者不可为也，方知书院之道，第一在学。

余既悟此道，而益奋于学。及倦怠之际，略思泾阳之训，则俶尔惊起，冷汗涔涔。期年，礼、乐、书、数、射、御皆习之，有所得也。夫礼以正身，乐以悦性，书数博识而射御观德。非寻常教塾有此教也，其必书院也乎？

向学期年，岂无所得乎？余性驽钝，私以为书院之学，太上立人，其下立学，下下立律，东林其太上也。朱明既危，东林士子冒阉党恶杖，振臂一呼，可发苏锡之钢骨，为正一时风气，直柔弱之脊梁。比既没，殉国成仁者何其不多也。然三百载间，东林之不灭者，固不在院，而在乎人。凡有一东林士子，人间即有一东林，士子千万，则遍地东林也！今之书院，有立人之志，虽名不同，其实一也，岂不为东林欤？如斯，亦可谓遍地东林也！

（本文获长三角高校书院联盟"我与书院的故事"征文比赛三等奖）

我和书院的故事

华东师范大学孟宪承书院　翁宇欣

　　还记得初次与你相遇，是在一个烈日灼人的午后。体育馆边的桥头，面面院旗招展，人头攒动。依稀记得那天下午的风很烫，酸酸涩涩的，那是一种全然不同于家乡的味道。一片嘈杂声中，我辨别出无数父母碎碎念的叮咛和同学们热情激动的招呼问候。我手上拖着、肩上背着、脖子上挂着零零碎碎大大小小的物件，在桥头踯躅着。我想，接下来就是我一个人的旅行了。突然间，你跑入我眼帘，你的模样在我眼前放大、放大。飞扬的墨色长发、黝黑的灵动双眸和粉扑扑的脸颊。你立定在我面前，拍拍我的脑袋，笑着对我絮絮叨叨说了好多好多话，一边说着，一边拉过我的拉杆箱牵起我的手，亲切又自然。你的声音很甜，很清，很暖。你说："走，学妹，我带你去新家看看。"我一副愣生生的模样由你牵走，落日余晖里，鼓起勇气偷偷多瞄了你一眼。抿唇一笑，然后我默默告诉自己："嘿，大猩，你有新家了呢。"

　　还记得那次与您畅谈，是在一个华灯初上的夜里。初入英语实验班，迷惘、未知、恐惧铺天盖地向我席卷而来。我以一个最最落魄的样子向您倾诉，自卑又焦虑。坐在同一张沙发上，您侧着身托腮微笑着看着我，眼里满是理解和温柔。您让我用六十秒说出自己的长处。我早已不记得自己说了什么，但我艰涩地开口时，那种双颊发烫、鼻翼酸疼、心跳如鼓的感觉犹在昨日。临别时，你把双手轻轻搭在我肩上："我相信你，你不仅会做得好，还会做得很好。"曾经对言辞的开导所能带来的力量嗤之以鼻的我，却在那个静谧的夜里真切地感受到，微凉的空气，也能裹着沁人心脾的甜香。还好，还好，你告诉我永远不要轻言放弃。不论是和留学生一起相聚狂欢的平安夜，抑或是从迦密山上眺望地中海日落晚霞的体验，都有了期待的理由和享受的能力。

　　还记得在两年里对无数人炫耀说，我的宿舍是一个以拥抱为交流载体的家。提起你们，我的语调满是自豪，我的心中满是感动。到底是什么让我把

爱与暖死心塌地地交付？是深夜未归时三条担忧叮嘱的短信，还是月复一月热腾腾的红糖姜茶？是挑灯夜读时无声的脚步和遮光的帘子，还是不远万里特意为我带回的奶茶和甜点？喜欢你们推门而入的那一刻放松愉悦的一声"宝贝，我回来啦"；喜欢你们熄灯拉窗帘时的"宝贝晚安"；喜欢我们四个人闭眼躺在床上互诉少女的心事……一个微笑、一个眼神、一个手势，不足为外人道也而我们却默契地心领神会。有时我想呀，没有血缘关系却能住在同一个屋檐下培养出亲情的，大概只有我们了吧。我们约好了，是彼此的伴娘，是未来宝宝的干娘，是一生的挚友。

有人问我，你到底是谁呀？

是谁呢？

是一个个我每每忆及都会红了眼睛的画面，那里面生活着我的良师益友，一颦一笑，触手可及；是一份份我每每提及都会暖了身心的依恋，那里面有我的热血与青春，一笔一画，无愧于心。

我想千百遍对你说，我爱你呀，我的孟书院。

哪怕这远远不足以表达我对你的爱恋与感念。

（本文获长三角高校书院联盟"我与书院的故事"征文比赛优秀奖）

文化无殇，青春有梦

——写给敬文讲堂

苏州大学敬文书院 谢静姝

今冬的最后一场敬文讲堂结束了，同学们缓缓走出红楼，一些人赶着回去忙作业，一些人安静地排着队等着把搬出的椅子送回原位，一些人留下和讲师探讨问题，一如往常。

灯渐渐熄了，天有点凉，院长、导师、辅导员、同学们的笑容和目光却一如开始时那样温暖，那笑容和目光里饱含着对文化的敬仰、对未来的期待和对青春少年之梦的执着。

最初，与苏大有第一次际遇的时候，敬文讲堂将苏州大学的厚重历史在我们面前慢慢摊开，用沉静稳重的口吻向我们讲述每一页记载的珍贵记忆和动人故事，从此，新生的眼里不只有新奇，还有了自豪、希望、勇敢、奋斗……将这一切，称为信仰吧。红砖绿树，黛瓦白墙，这是走进苏大的感受；群星闪耀，深厚神秘，这是第一次听敬文讲堂带给我对苏大的深层感受。校史文化，说起来是学校的历史，不如说是历代学子一起写就的传奇。大师后还有一辈辈的大师，青春后还有一代代人的青春。以责任传承文化，用青春续写辉煌，这是我在讲堂结束后燃起的信念。

吴文化，对于我这样一个来自淮扬的学生来说，既熟悉又陌生，从小闻之、读之、言之、向往之，不曾见之。初来江南，感觉一切如梦般多彩而又朦胧。敬文讲堂之吴文化导读揭开了江南的面纱，从小桥流水人家到博雅世家，院长用诗意将我们引进江南，又用理性让我们看到江南的独特文化。接下来的四年里，我会在这里见到江南的杏花春雨，感悟江南的灵秀清嘉，结识江南的风物人情，追随江南的风骨志节，在历史与现实的江南印象中编织自己的青春之梦。敬文引领我们走出校园，走向江南与未来。

家是最小国，国是千万家。家国之梦，是青年之梦；家族文化，是传统文化的重要支撑。敬文讲堂之家族文化略论带给我们对"家"认识的升华。

耕读传家久，诗书继世长，是家族的持续之道。在许多家族已经衰落，青年人对家族文化认知不清的今天，敬文讲堂给我们敲响了不能抛家族于脑后的警钟，家族文化一定程度上也是时代文化的缩影，男权和女性地位的发展历史令人深思，也给我们拓宽了家族文化研究的边界。

一直很爱考古，敬文讲堂开设"走进死亡之海——从尼雅考古发掘谈考古学意义"讲座时，我满怀喜悦仔细认真地听了讲座，收获的不只是知识，更有对远方的向往和对考古学更加强烈的兴趣。教授的经历让我看到了塔克拉玛干的神奇壮阔，更带给我对人生的思考，正如教授所说的："不是我们征服了沙漠，而是沙漠饶恕了我们。"人与自然，到底该怎样相处？文化文明的发掘，是梦的启程还是终结？讲堂让我们在文化与历史的山峰上俯视人生，仰望理想，敬畏的是自然，感动的是人心。回去之后，很多人将那句"只有荒凉的沙漠，没有荒凉的人生"作为自己的座右铭，我亦然。梦想与现实之间的距离，可能也没有想象中那么远，至少不会比塔克拉玛干更宽。

盛唐气象，是中国文化史上的骄傲；李杜诗篇，是我们从小就熟知的通往传统文化的大门。敬文讲堂从另一个角度介绍了这两位大师，在带领我们回顾他们人生的同时，引发了我们对诗歌阅读与诗歌审美的兴趣，让我们对这两位诗人有了更为深刻的了解，双子星座在我们的头顶闪耀，引领每个敬文学子心怀壮志，心怀天下。虽说理想之路漫漫，上下而求索者如李杜，我们也会将文化传承下去，各领风骚，挥笔写下每个人心中的人生诗文。

此外，元朝青花的雍容华贵给我们带来美学的盛宴，小组演讲让我们在感受合作的力量的同时对书院制有了更为深入的了解，商务礼仪的讲解教会了每个人去关注人情练达和中华传统礼仪文化。

受益匪浅只是个概括的词，过程中的一次次惊艳和赞叹，讲座后的一次次深思和憧憬，都无法表现出来。敬文讲堂没有下课，有的只是文化的不断传输，心中火炬的一次次点燃，梦的无限延伸。

敬文讲堂给了我很多做梦的机会，也给了我实现梦想的勇气和信心。吴文化导读的讲座，将我带进了古典的江南。从小便向往江南，从诗歌、散文、乐曲、故事中形成了自己对江南的初步印象，但这印象就如同雨巷的姑娘一般美丽又朦胧。幻想中的江南终于在眼前了，却又不知怎么触碰她，一种微妙的隔阂好像从到姑苏城的第一日起就存在。但那一日的敬文讲堂真正地让我感受到了江南的美，这是一种真实的美，触手可及，能够随时去感受去经历的美。讲座一开始，罗院长就从地理环境讲起，明确了"江南"的定义，讲述了吴地区的形成历史。环境影响人文，江南最被人称道的美丽风物，影响了这里繁荣的文化，造就了水乡女子的柔美，成为才子佳人故事的发源地。在院长的讲述中，江南不再是想象中的女子，而是宛如一个温文尔雅的儒士，能在风花雪月下吟诗作赋，也能在家国危难时挺身而出，江南有的不只是浪漫和柔情，更有厚重的文化和勇毅的品格。仁人志士与文人雅士们都曾汇聚在江南，现在我也来到了江南，将在江南烟雨中度过漫长的春夏，在江南的湿暖中感悟不一样的秋冬。江南的文化无处不在，它体现在校园每一片落叶上，跳跃在教授的话语中，活在每个来到江南、来到苏大的人的梦里。这个地方有着无限可能，保存完好的文化让我们感受到最真实的江南，无关时空，我见到听到的都是现实中的江南、现实中的文化之城，我想象的都将是离我最近的梦想。

我的青春梦，将在敬文书写，我的文化之旅，也将在敬文展开。敬文讲堂让我看见了古典文化并未夭折，它还鲜活地活在每一期讲堂上，文化的发展没有终点，明年春天，敬文讲堂依旧会给我们带来更多的感动与惊艳，而每个敬文学子的梦，也才刚刚启程。

这是我的感悟，也是我对未来的期许。

（本文获长三角高校书院联盟"我与书院的故事"征文比赛优秀奖）

我的大学像一场旅行，有你，有书院

南京审计大学沁园书院　王如梦

写这篇文时，恰逢南京升了温，校园里的梧桐叶一路高歌到了深绿色，这个温暖的四月，让人无限感概。

2018年又是人生中的一个节点，生存于一方土地，便也受教于一方水土。再过一个多月，我便要离开这个生活了四年的书院，或许离开那天我会利索地跟她说再见。但是现在，有一种"千里江蓠春，故人今不见"的苦涩感，尤其在即将毕业的时候，这种感觉越发清晰，这或许就是离别的感伤吧。

每经历一个春天，人就会长大一岁，许多相遇与别离，都会有它的特殊意义存在。记得刚来到学校的光景，我在校园怎么转都找不到自己所属的书院在哪个地方。初离家门，孤身来到一个谁都不认识的城市，胆怯、无知、恐惧的感觉充斥着周身，一次次差点因为自己的怯懦而忍不住大哭，可是最终忍住了。现在想一想，当时的自己是万分好笑了，但也感谢当时那么勇敢的自己。

被幸运地分到了四人间的宿舍，又被幸运地分到了那么好的室友，人生幸福的事情，都碰上了。感谢幸运之神的降临，也感谢像天使一样的室友，就算你不发一语，她们也都心领神会，面对不可预测的明天，我们一起携手同行。

我的书院是沁园书院，我一直认为"沁"字相当妙，大气，不拘一格，有一种久旱逢甘雨的感觉，又不是暴雨，是细细密密的雨，轻轻地打在土地上，一点一点地滋润它，不唐突，是恰到好处地解决急难问题，就像书院的育人方式：坚持"大爱为基，育人为本"，践行"立德、立志、立人"，追求"温暖、力量、卓越"，一切为了学生，高度尊重学生，全面依靠学生。在书院中，丰富多彩的学生组织，就有了很多的学生活动；书院的包容性很强，会愿意倾听我们的意见，这就给了我们很大的发展空间，学生成长，书院自然也会跟着成长。

我有幸参加了书院组织的一个活动，受益颇深，这是我大学生涯中印象最深的一趟旅程，那便是进行中国基层治理调查的活动。通过这次活动，我发现，只有亲身体验了，才能真正感受到团队协作的力量，只有亲自去跑一些地方，才会深切感受到中国的现状和发展。

活力最盛的时候，队里成员兴致满满，在行动中结下了深厚的友谊。可能是同出一源，同是徐州人，大家的心更加亲近，一起讨论作战计划，一起早起，一起赶车，一起去寻求帮助，在高温状态下寻找调研地点，一起晒得黝黑，一起回传数据，一起完成调研成果。

在寻求审计局帮助的时候，工作人员的热情让我们诧异，彻底改变了我以前的一些看法。在调研的过程中，我们接触了朝九晚五的工作人员，也接触了一周没有一天休息的工作人员。相对来说，村与村之间也存在贫富差异，教育水平的差异。但是所有人的生活在不断变好，个人也有各人的选择，无所谓好，也无所谓不好，我认为这样的调研活动很棒，可以帮助我们了解中国的发展情况。深入基层，更加感谢生活。

大学行程即将告一段落，充满新奇的旅程也告一段落，前方又是一个无法预知的舞台。感谢大学中遇到的朋友，也感谢书院的培养，给了我不平凡的生活，天且益厚之，生活会随着这淡去的春天越发生机勃勃。夜风微凉，润泽湖漾了一池波光，有一首歌，唱到了天亮。

（本文获长三角高校书院联盟"我与书院的故事"征文比赛优秀奖）

所谓情缘

苏州科技大学敬文书院　王皓萱

　　古香萦绕的缱绻，书香弥漫的正气，是我对书院的第一印象。

　　当我正式跨进书院的一刻，我就明白我的选择没有错。

　　"过一种幸福完整的教育生活"是我进入敬文书院看到的第一句话，与此同时，这也仿佛预示着我精神生活的未来走向。

　　大学生活，不同于高中的紧张压抑，亦不同于小学幼儿时的稚嫩懵懂，它是轻松而不乏复杂、成熟而不乏青涩的一种状态。书院生活，更是在新鲜的大学生活中，掺入了些对社会的认知，对阅历的充盈和对情操的陶冶。

　　我是一名纯正的工科生，不太会花言巧语，也不太懂人情世故，仅凭借着一颗纯粹的心。就这样带着好奇和求知的心，我来到敬文书院，开始了我和书院的一段情缘。

　　刚进入大学、进入书院的我，与一般的大学新生别无两样，呆愣而青涩、茫然而无助，对前方的路既充满着希望，也存有着畏惧。就是这样一个青涩的我，如今却学会了用知识武装自身，用情感丰盈内心。

　　在敬文书院的生活中，我们有着各色各样的活动，从身体素质到内心思想，由外及里包含透彻。书院就像个孕育一群孩子的母亲，无微不至地关照着你我，并让我们经历挫折坎坷，感受大起大落。在这样一次次的磨砺之中，她极力培养每个孩子在未来步入社会后可能需要的综合素养和情感表达能力。

　　也许我也曾迷惘感慨、曾抱怨无奈，但在一切都经过时间的证明与洗涤之后，逐渐可以理解什么是"过一种幸福完整的教育生活"了。是逼迫学生死读书读死书，还是随着学生放任自流？我想都不是吧。

　　这是一种真正高等的现代教育，这种教育回归本真，目的纯粹而鲜明——就是让每一个孩子成为一个幸福的人。而同时，这样一种教育生活也许不只是对书院的学生，更是对老师而言的，如果师生双方融合进去，共同学习共同进步，我想对彼此都会是有益而幸福的吧。

我曾听过这样一句话："生活毁灭一个人是无声无息的，就像滴水在不经意之间慢慢穿过石头一样；同样，生活成就一个人也是无声无息的。只有关注生活的细节和进程，只有成为生活的主人，才能被生活所成就。"在敬文书院的生活，既是一种被教育生活，又是一种教育生活。在这样一种生活之中，我们随着生活进程努力着，随着生活细节升华着，我想，只要把握好生活、把握好自己，我们每个人都会是生活的主人！

很感谢书院给予我的机会，让我能接触认识许多本专业之外的同学朋友，大家一起取长补短，共同进步；感谢书院给予我的机会，让我能听闻更多学术界大咖极具思想性的见解，体悟幅员辽阔的祖国不为人知的风俗人情；感谢书院给予我的机会，让我能在专业学习之外，感受不一样的教育模式，开拓个人思想眼界，提高综合能力素质……

行色匆匆人来人往之中，这是独属于我与书院的情缘和记忆。

（本文获长三角高校书院联盟"我与书院的故事"征文比赛优秀奖）

我与阳明的"五年"

绍兴文理学院阳明书院　俞冰楠

　　脱离了"一心只读圣贤书，两耳不闻窗外事"的苦读生涯，弹指一挥间，我已经是遨游于大学殿堂的新一代大学生。2016 年的夏天，我来到了我人生中的一个港湾——阳明书院。初见阳明，我已经感受到了一种庄重和神圣感。曾经，在我的印象中，书院应当是一个书的海洋，就像古时的学堂，有一位教书先生。而我所看到的阳明，却更像一个家，这里可以孕育梦想，也可以让人享受温暖。

　　世界上没有两片完全相同的叶子，阳明所带给我的也同样不可能被复制。大一，我想那是一个糊涂的时刻。我带着懵懂，做着很多事情，也很迷惘，比如初入大学的我正被确定自己毕业后的职业定位与目标等问题困扰着。每天除了学习新奇的大学课程，耗着难得的休闲时光，最开心的想必是回到书院的那一刻。因为书院有一个地方，那里有着许多故事。党员之家是我去得最多的一个地方，它的走廊上，有很多小故事：有不懈奋斗的师兄，有发愤忘食的师姐，有许多为着梦想努力的可爱人儿。每每走过那里，我仿佛在遥望五年后的自己。有了遥望的方向就会有所行动。从那时开始，我在积极努力学习自己的必修与选修课程的同时，还参加了一些比赛，这些比赛不仅可以学习有用的技能和积累足够的经验为未来的见习和实习做准备，也有助于完善我自身的不足。

　　大二，我想那是一个成长的时刻。现在的我对大学生活的节奏和势态有了一定的了解，也有了对未来的想法和主意。我选择了一个对自己职业目标有用的学术领域来拓展自己的专业知识面，深入研究自己的专业和职业，并与学长、老师、专家探讨自己的职业规划，以便得到一些中肯、专业的指导。褪去了大一时的懵懂，在阳明的一年里，我就像一颗被精心栽种的种子，慢慢发芽生根了。还是在党员之家，我接受了许多新思想，获得了许多新启发。在那里，我曾经不间断地待过将近一个月的时间。在那里，我重新回忆了一个学期的学习；也是在那里，我结束了一个学期的旅程。其实，那是一个学期的最后一段时光，也是最重要的一段时光。

大三，我想那是一个离别的时刻。时间好像从来都不会回头，她像个倔强的孩子，只顾着往前跑，可人们啊，也只能跟着她，头也不回。因为专业的特殊性，在阳明的日子只剩一个学期。我想那时的我应该会被忙碌弄得焦头烂额，然后不经意间才会想起那个即将离开的日子，最后只能感叹时光的残忍。时光匆匆，唯一能留下的就是那段记忆。阳明所给予我的不光是一个遮风避雨的港湾，也是一个孕育未来的摇篮。

大四，我想那是一个怀旧的时刻。那时的我已经在医院见习了一个学期，看着密密麻麻的课表，过着早起晚睡的日子，听着外头嘈嘈杂杂的人声，生活好像少了原本的乐趣。身边的人儿总是那样匆忙，不再像从前那样可以一起散步闲聊。我想那时的我应该会很怀念阳明，记忆中那个带给我无限温暖的地方。

大五，我想那是一个封存的时刻。我应该穿着白大褂，手中拿着一份份的数据报告，跑在医院的走廊之间。日出日落，我每天都重复着那几条路线，仿佛比大四的时候更稳重了，但生活也更枯燥了。而我唯一能够坚持的大概就是在阳明所孕育的理想。忙碌的学习是为了踏向远方，那里或许是一片原野。而阳明带给我的温暖将永远被封存在我的记忆中，因为那是最珍贵的。

如果说人生是一条滚滚向前的河流，那么阳明就是河槽，给了我一个方向的指导，一盏指路的明灯。

（本文获长三角高校书院联盟"我与书院的故事"征文比赛优秀奖）

一朝敬文人，一生书院魂

江苏师范大学敬文书院　赵　苏

到了夏天的尾巴，蒲公英妈妈把孩子们高举过头顶。风，如期而至。妈妈放开手，孩子们欢笑着，跑向天空。这是田野上小小的毕业典礼。未来是一段段新的旅程，孩子们背着妈妈给的降落伞，奔向自己的远大前程，被爱庇佑着，在自己梦想的土地上长成小树。当蒲公英等风来，当我们迎来毕业季，回头看一眼，道一句：书院，再见。向前迈一步，喊一声：敬文人，加油。

流光飞舞，馨香萦环，缤纷多彩的大学生活渐渐接近尾声。翻开记忆手册，去旧时光里捡遗漏的珍珠。那闪闪发光的日子，是我们成长的线索。捡起一颗记忆海螺聆听我的书院故事，那是一串成长的脚步声，有初生牛犊的豪言壮语，也有后生可畏的意味深长，有宿舍畅聊时的欢声笑语，也有一人思乡时的泪水潸然。透过时光的剪影，用层层叠叠的笔触蘸着深情的墨水描绘下这一段书院情。

人生的小别离，一定是坏事吗？如果不曾对过去的你说再见，就不会知道往前一步多美好。如果不曾孤身走千里，又怎么知道自己脚下有多大的能量。十八岁的我们离开家，来到陌生的城市去寻找自己的人生拼图。而我，大学生涯的第一块拼图就叫作敬文书院，用这一块拼图，我拼出了不一样的人生图景。懵懵懂懂，跌跌撞撞，在书院的怀抱中，纯真的小女孩一步步学会了专注、乐观、勇敢、责任、尊重……

如果世界上都是完美小孩，成长还有什么意义？跨过书院的门槛，不完美小孩看到了一片广阔的天地，在那里，抬头是熠熠生辉的理想，低头是奔跑不止的步伐，伸手是渐行渐近的梦想，回首是书院坚实的后盾。那个冲刺复习司法考试的炎热暑假，那些在书院自习教室孜孜不倦的日日夜夜，让我难以忘怀。身边是并肩作战、互相勉励的同学，窗外是时刻陪伴、深切关怀的老师，心里是以梦为马、砥砺前行的信念。怀疑有时，相信有时，孤单有时，扶持有时。敬文书院，一路见证了我的勤学苦练，承载了我的酸甜苦辣，陪伴了我的峥嵘岁月。在向上攀登的路上，心中有了敬文人的底气，身边也就有了隐形的扶手，步伐也就迈得更加坚定执着。我们都是不完美小孩，在不断付出勇气和智慧的过程中，得到一个更完美的自己。在敬文，发现更好的自己。

既然目标是地平线，留给世界的只能是背影。从踏入敬文的懵懂无知的少年，到展翅翱翔雄心勃勃的敬文人，书院始终让我铭记初心，砥砺前行。山高水远，我与敬文，从相识到相知，映照彼此，辗转城市，迂回旅程，我不会忘记这份穿透岁月、斑驳时光的书院情。一朝题榜敬文人，唯愿一生书院魂。敬文人，在路上。

（本文获长三角高校书院联盟"我与书院的故事"征文比赛优秀奖）

长三角高校书院联盟

成员单位：

上海 4 家：复旦大学志德书院、华东师范大学孟宪承书院
　　　　　　上海科技大学本科生书院、华东政法大学文伯书院
江苏 4 家：苏州大学敬文书院、南京审计大学泽园书院
　　　　　　江苏师范大学敬文书院、苏州科技大学敬文书院
浙江 2 家：绍兴文理学院书院管理办公室、温州大学超豪学区

发展历程：

2017 年 10 月，长三角地区高校书院联盟筹备会暨协作机制探索专题研讨会在华东师范大学孟宪承书院召开，探索筹建书院联盟。

2018 年 4 月—5 月，联盟各发起单位开展多次交流互访，并举办联盟征文、标识设计、摄影等比赛，为联盟正式成立奠定了良好基础。

2018 年 6 月，长三角地区高校书院联盟成立大会暨 2018 年论坛在华东师范大学孟宪承书院召开，标志着联盟正式成立。

2018 年 11 月，长三角高校书院联盟理事会在绍兴文理学院举行。